天の瞳

少年編 I

灰谷健次郎

『いえでぼうや』

あんちゃんのつくった子どもの本専門店の名である。意表をついた命名だ。

「どや」

あんちゃんは自慢顔《じまんがお》でいった。

真《ま》っ赤《か》なペンキで書かれたその店の名は刺激的《しげきてき》であった。

前日まで、その文字はなかった。あんちゃんの演出かもしれない。

「なんか意味あるのンか？」

フランケンがたずねた。

「意味？」

「うん」

「そんなもんない」

「…………」

ちょっと白い目で、フランケンはあんちゃんを見上げた。

「そや。おまえのことやがな。おまえのあだなはフランケンやから、そうつけたろかとも思ったけど、フランケンはドラキュラを連想させるから、なんぼなんでもなァ……」

無責任なあんちゃんだ。

「古傷やで」

フランケンは大人《おとな》っぽくいった。幼い頃《ころ》、ときどき家出をしていた「前科」が、フランケンにはある。

「おまえは、それで成長したんや。ものの名前に意味みたいなもんをごちゃごちゃ考えるのは面倒臭《めんどうくさ》いけど、オレが、直感で、『いえでぼうや』を思いついたのは、根に、おまえのことがあったんとちゃうか」

フランケンはゆらゆらと頭を振った。半分、納得《なっとく》して、半分、釈然《しゃくぜん》としないのだろう。

「メリーゴーランドかと思とった」

青ポンがいった。

「オレも、そう思とったワ」

タケやんもいった。

「メリーゴーランドは、おまえが考えてくれたんやったな。すまん、すまん。メリーゴーランドも夢があっていいんやけど……」

あんちゃんは青ポンを立てた。

「オレのこととちがう？」

倫太郎《りんたろう》がいった。

「『いえでぼうや』でええやん。かわいいし、ちょっとゴンタで、冒険《ぼうけん》の気分もあって、オレ、気に入った」

「な」

と、あんちゃんは子どもっぽく、みなにあいづちを求めた。

「ほな、ま、賛成したるワ」

勿体《もったい》をつけてタケやんがいい、子どもたちは、うん、うん、とうなずいた。

開店の時刻は午前十時というのに、このガキどもは二時間も早く店へきて、ガヤガヤやっていたのである。


あんちゃんの店『いえでぼうや』は、通常の本屋と、ずいぶん趣《おもむき》が違《ちが》う。

本は並んでいるけれど、本に囲まれているという印象はなく、遊び場の空間を、本を素材としたオブジェで飾《かざ》っているというあんばいなのである。

まず、二店舗《てんぽ》分の店の壁《かべ》を、二箇所《かしょ》、惜《お》しげもなく、どーんと、ぶち抜《ぬ》いてある。アーチ型の通路というわけだ。

店の入口も、ふたつある。

片方は読み物の部屋《へや》で、もうひとつは絵本の部屋である。絵本は背ではなく、すべて表紙が見えるように棚《たな》に並べてあるため、部屋全体がひどくカラフルなのだ。

正面に、広く丸いテーブルが、でんと座っている。幼児のことを考えて、背丈《せたけ》は低くしてあった。

イスは檜《ひのき》の切り株を利用した。

檜でも根っこの部分はあまり使い道がない。そいつをもらってきて、三十センチの高さに切った。

竹ベラで皮を剝《は》ぎ、表面を電気鉋《かんな》できれいに削《けず》った。角を面とりして、上から木工用のボンドを薄《うす》くして塗《ぬ》った。乾燥《かんそう》してできるひび割れを防ぐためである。

この作業は、倫太郎たちが手伝った。

八つのイスに、白、黒、赤、青、黄、緑、橙《だいだい》、桃の色が塗ってある。あんちゃんの遊びである。

あんちゃんがときどき馬券を買うことが、それで倫太郎たちにバレた。

店のシャッターには、子どもたちがペンキで絵を描《か》いた。

その子どもたちの中に、倫太郎やタケやんらが入っていたのはもちろんであるが、五年生である彼や彼女らより、あんちゃんの姉園子さんの運営する倫叡《りんえい》保育園の子らの方が多かったのは、絵は、小さい子の方がおもしろいというあんちゃんの意向が働いたからである。

試みは成功して、ユニークな絵が、シャッター一面に描かれた。

抽象画《ちゆうしようが》を思わせる極彩色《ごくさいしき》が上部をおおっている。花火だ。

下部に、それを見上げている動物たちが押《お》し合うように描かれていた。子ども
遊びに夢中になり、宿を忘れたヤドカリやら、毛が三本の剽軽《ひょうきん》なライオンやら、子ども
らしいアイデアに満ちた絵が楽しいのであった。
あんちゃんは金をかけないで、ぜいたくな店をつくったといえる。

「あんちゃん。パーティーの用意は、いつするのン？」

あんちゃんはいった。

タケやんがきいた。

「なんや。パーティーって？」

子どもたちは、あれっ？　という顔をした。

「お店のオープンやろ。御馳走《ごちそう》やお菓子《かし》を並べるのと違うのん？」

「誰《だれ》がや？」

「誰がや、って……」

子どもたちは顔を見合わせた。

「パーティーの用意してないのン？」

フランケンがきいた。

「なんでパーティーせなあかんねん」

「お店のオープンやでェ。パーティーして景気つけらなあかんやろ」

「そんなこと誰が決めてん？」

「………」

子どもたちは、ふたたび顔を見合わせた。

どうやら、あんちゃんにはそんな気の、かけらもないらしい。

「そら、ないワ……、あんちゃん……」

倫太郎が、みなを代表していった。

「心掛《こころが》け悪いワ」

「どういう心掛けや」

「これから、みんなにきてもらわなあかんねんで。それに、オレらも手伝うたやろ。どんな店でも開店サービスとか感謝デーというのがあってサービスするやないか」

そや、そや、と子どもたちは口々にいった。

「ケチはあかんねん、あんちゃん」

倫太郎は追撃《ついげき》した。

「きれるとこはきれらなあかん。損して得とれいうやろ」

「おまえ、誰からそんなことをきいてきたんや。クソガキのくせに」

「クソガキでも大事なことは、ちゃんとわかんねん」

倫太郎も負けていない。更《さら》にいった。

「ミツルのいう通りや。パーティーもないオープンなんて陰気《いんき》臭《くさ》い」

「おまえらに御指導受けとったら世話ないワ」

あんちゃんは、憮然《ぶぜん》としていった。

「今からでも遅《おそ》うないから……、な、あんちゃん」

倫太郎は右手を、あんちゃんの前に突《つ》き出した。

「なんや？」

「お金、出しィ」

「なんでや」

「オレらが考えたるさかい。そのテーブルにお菓子や飲み物を、うまく置いて、飾ってやる。そういう才能は、オレらにあるねん」

いらん、いらん、と、あんちゃんはいった。

「お金、出せへんの？」

「出せへん。出せへん」

「そういう気ィ？」

「そういう気や」

オレら、あんちゃんのことを思うていうてんねんで、な、と倫太郎はみなの顔を見ていった。

「あんちゃんのことを思うてゆうてんのになあ……」

青ポンも、のっそりいった。

「そや」

「そやでェ」

トシハルもカズミチもいう。

「そうかい、そうかい。そら、おおきに……」

やけくそ気味に、あんちゃんはいうのである。

「本気でいうてないやろ」

倫太郎は容赦《ようしゃ》ない。

「あんなァ、おまえら……」

あんちゃんの声が大きくなった。

「……ここに並んでいる本を売って、なんぼの儲《もう》けがあるか、おまえらわかってんのか」

「知らん」

「なんぼや」

「よう、きき さらせ。本の掛率《かけりつ》は定価の八十一や。出版社によっては八十四ちゅうのがある。ええか。千円の本を売ったとするやろ。一冊について百六十円の儲けしかない。十冊売って千六百円や。百冊売っても一万六千円しかない」

「まああとちゃうのン」

フランケンがいった。

「おまえ、頭悪いな」

「頭はええねん。顔は悪いけど」

「口の減らんガキやな。儲けが、そのまま利益になると思うとんのか。店にかかる経費というもんがあるやろ。人件費、光熱費、車のガソリン代、借金をしてるから、それも返していかなあかん」

子どもたちの顔が、ちょっと真顔になった。

「一日、百冊の本を売るのは大変なことやけど、きばって売ったとしてや……」

あんちゃんは少し悲壮《ひそう》な顔になった。

「……月二十五日働いたとして……えっと……え……と、なんぼや」

コラ頭のええのん計算せえ、と、あんちゃんはいった。

「四十万円」

フランケンは即座《そくざ》に答えた。

「銭勘定《ぜにかんじょう》は早いな、おまえ」

放っといて、頭悪いのんが……と、フランケンは憎《にく》まれ口《ぐち》をたたいた。

「借金、なんぼあるのン？　あんちゃん」

心配になってきたのか、女の子らしいやさしさからか、リエが、そうたずねた。

「月二十万円は最低返していかないかん。銀行との約束やから、待ったなしや」

「そしたら、いくらも残らへんやん」

「そや」

ふう、とリエはため息を吐《つ》いた。

「ため息を吐くのは、オレの方や」

あんちゃんは、どうやといわんばかりに、子どもたちの顔を見回していった。

「オレがたとえ一円でも、無駄《むだ》な金をつかいとうない気持が、ようわかったやろ」

そらわかるけどなあ……と、倫太郎は口の中でごそごそいった。

「なんか景気悪いワ……」

めずらしく未練気な倫太郎なのである。

そこへ峰倉肖《みねくらしょう》さんがきた。

「あら、早いわねえ。みな、もうきてたの」

峰倉さんの後ろに、若井勤平さん、野村はる枝さん、鵜川《うかわ》信夫さんがいる。

あんちゃんの応援団《おうえんだん》だ。

若井さんは公民館主事で、映画マニア。野村さんと鵜川さんは、それぞれ小学校、中学校の先生をしていて、野村さんは作文や児童詩、鵜川さんはユニークな学級通信を出していることで、教師仲間のうちで少し名が知られていた。

あんちゃん、峰倉さんを含《ふく》め五名で、月に一回、子どもの本の合評会をやっている。

「どうしたの。みな、ぶすっとした顔をして」

「うん……」

フランケンが浮《う》かぬ顔で返事をした。

「きょうは、おめでたいオープンの日でしょ？」

「あんちゃん、あかんねん」

と倫太郎がいった。

「なにが？」

「あんちゃん、ケチになりよった」

峰倉さんはけげんな顔をした。

「パーティーやらへんねんて。オープンいうても、ただ店を開けただけやねんて」

タケやんが、うっぷんばらしをするような口振《くちぶ》りでいった。

「どういうこと？」

峰倉さんの問いに、子どもたちはわれ先に、あんちゃんとの、先ほどのやりとりを訴《うった》えたのだった。

若井さん、野村さん、鵜川さんらは笑っている。

子どもたちの言い分をおしまいまできいて、峰倉さんはいった。

「そら、あんたらの読みが浅いのと違うの」

「なんでェ？」

とタケやん。

微笑《ほほえ》みながら峰倉さんはいった。

「倹約《けんやく》せないかんあんちゃんの気持を、いちばんに察してあげるのが、あんたたちでしょう。景気のいいパーティーをして盛り上げてあげるのは、あんたらの役目やないの」

子どもたちは、痛いとこを突かれた。

「けど……オレら……」

タケやんは、ぐちぐちぐちった。

「頭、使ったら、いろいろできると思うけど……」

峰倉さんは、にこにこしていう。

「頭、なァ……」

フランケンは考えた。

フランケンは倫太郎の耳もとで、なにやらささやいた。

「そうするぅ？……」

不承不承《ふしょうぶしょう》という顔つきだ。

倫太郎はタケやんの耳もとで、なにかいった。タケやんは少し考えて

「オレ、それに賛成」

といった。

倫太郎はリエと、小さな声で相談した。

「わたしは、そんなン反対やワ」

やっぱりな、と倫太郎はつぶやくようにいった。

「なに？」

峰倉さんが倫太郎にたずねた。倫太郎は少し困った。

「ま、ええか」

と決心して、峰倉さんに話した。

「オープンの日の、あんちゃんへのお祝いを、なににするか、オレら相談したの」

「そう」

「花、買うとか、なんやいろいろ意見はあったんやけど、あんちゃんの店で、最初に、本を買うのが、いちばんええ、ということになってん」

「いい考えだわ」

「オレらも記念になるし、あんちゃんも、お客さん第一号がオレらやったら、うれしいやろ、と思うたわけ」

あんちゃんは急に、うろうろ歩き出した。

「そのお金で、パーティーしようか、とミツルがいうんやけど……」

峰倉さんは微笑んだ。

「そりゃ、本を買ってあげるべきよ」

峰倉さんは断固いった。

「オレ、ミツルの気持もわかるんやけどなァ……」

ものごとの判断に迷っているとき、倫太郎はそれを表に出さない。決断して、はじめて他人にわかるよう行動する。

きょうのような倫太郎は、めずらしいのだった。

「倹約せなあかんということはわかるねんけど……ケチというのは、なんか引っかかる……」

倫太郎は、そんなことをいうのである。

「倫太郎くん」

若井さんが話しかけた。

「きみらは本を買えばいいやないか。それが、きみらの真心だ。なるべく金をかけないで、何事も手作りでやろういうあんちゃんの考えも尊重したらなあかん。そうやろう」

倫太郎は意外な返事をした。

「あんちゃんは、もともと、そういうふうにものわかりのええのんが嫌《きら》いやってん。あんちゃんはしたいようにして、オレらは文句つけるときには文句つけて、今まで、そういう調子だったんや……」

若井さんは困ったような顔をして、倫太郎を見た。

「本屋やっても、あんちゃんはあんちゃんやろ。このごろのあんちゃんは、なんかおかしいワ。あんちゃんらしくない」

倫太郎の言葉が、あんちゃんの胸に刺《さ》さった。

この野郎、と思ったが図星だ、という思いもあんちゃんにあった。

これまで、いいたいことをいい、したいことをしてきたが、ともかく本屋を出帆《しゅっぱん》させるために、自分の言動を抑《お》さえてきたところがないとはいえない。

そこを倫太郎は素早《すばや》く見抜いている。

なにかをするとき、他人の力を借りるのは仕方ないとしても、それに甘《あま》えたり、下手《へた》すると、他人を利用しかねない狡《ずる》さが生じては、人間失格もいいところだ。

倫太郎は、オレの底の底まで見ている。あんちゃんはそう思った。

こいつは、大人より大人の部分がある。

峰倉肖さんも、倫太郎に対して、あんちゃんと同じ思いを持った。この子は、やがて、あんちゃんの人生上の好敵手になるだろう。いや、わたしたちの手強《てごわ》い相手になるだろうと。

「倫太郎さん」

「なに」

「頭を使ったら……なんていってごめんなさい。この店の第一号の客になるなんて素敵《すてき》だわ。それで十分。わたしたちも、あんちゃんの気持に添《そ》うてあげられたらと思って、お菓子やパンを作って持ってきたの。お店を少し飾って、みんなで、オープンのパーティーをしましょうよ」

倫太郎は、うんといい、タケやんは、やっぱり峰倉さん、といった。

みんなで店を飾っていると、小さな女の子が入ってきた。

「ここ図書館？」

「違う。本屋。本、買って」

タケやんがさっそく商売気を出していった。

「なーんダ。貸してくれないの」

女の子は自転車に乗って行ってしまった。

「また、あんな子がきて、本を買《こ》うたら、オレら、お客第一号になられへん」

カズミチがいって、みな、わあっとばかり、目をつけていた本を手にとったのだった。

倫太郎は「はだしのゲン」、フランケンは「ベロ出しチョンマ」、リエは「ちいさいモモちゃん」を買った。

子どもたちから、お金を受けとるあんちゃんはなんだか照れ臭そうであった。

子供の本専門店『いえでぼうや』の初日の売り上げは、二十八万五千六百二十円だった。冊数にして、三百冊近く売れたことになる。

あんちゃんのいう元手をおよそ八掛けとして計算すると、利益は五万七千円にもなって、上々の首尾《しゅび》というところだが、なにせ大半は、ご祝儀買いだから、今後の見通しを、それで推《お》し量るわけにいかない。

あんちゃんが心強く思ったのは、売り上げより、多くの人々が、この店を支えてくれているという実感だった。

しかし、一方で、そいつに甘えていると、倫太郎らの目が光るぞ、という厳しさも同時に自覚したのだった。

少林寺拳法《しょうりんじけんぽう》を通じて、自立と自律を、倫太郎らに説いたわけだが、それが、そっくりそのまま自分に返ってきたと、あんちゃんは思った。

あんちゃんが本屋を開いたのは個人的なことだが、それを多くの人間がわがことのようにして喜び、協力してくれたこと、そしてそんな人のつながりは結局、出会いを大事にした者のみが得られる果実のようなものなのだ、と身にしみて思わされたこと、倫太郎ら幼い友人を持ったことが、どれほど貴重でかけがえのないものだったかという思いなど、あんちゃんの感慨《かんがい》は深かった。

この日一日、いつになく、あんちゃんは無口だったが、それはその思いの中に浸《ひた》されつづけていたからである。

その分、次々やってくる客たちは、十分かしましかった。

「倫太郎ちゃーん、会いたかったァ」

倫叡保育園のエリ先生は、倫太郎に抱《だ》きついた。

「あほゥ。なにやっとんじゃあ……」

倫太郎はもがいた。

「もういっぺん、それ、いうてエ」

保育園時代、倫太郎はエリ先生をエリぼうと呼び、ふたりのやりとりでいちばん多かったのは、倫太郎の、あほゥである。

エリ先生は、それが懐《なつ》かしい。

「あほか」

と倫太郎はいった。

「それ、それ」

とエリ先生は、どこまでも甘く、くる。

「エリぼうは成長してえへんな」

かろうじて後ろ向きになり、エリ先生の腕《うで》をはずせないまま、倫太郎はいった。

「どうして」

「早よ、恋人《こいびと》つくれ」

「生《なま》いってェ。倫太郎ちゃんを恋人にしたげる」

「いらん」

倫太郎はカッコよいのである。

みな、周りで笑っている。

タケやんが、エリ先生にいった。

「リエがおこるぞ」

それをきいたリエは、顔を、ついと上に向け、なによ、という表情をした。

リエは、保育園のとき、倫太郎ちゃんのおヨメさんになるゥと無邪気《むじゃき》にいったことがあるのだ。

エリ先生は、リエを見て、笑いながら、

「リエちゃん。倫太郎ちゃんをわたしに譲《ゆず》って」

といった。

リエは、つんとして
「どうぞ」

と切り口上で返した。

「なにが、どうぞじゃ。オレはチョコレートと違うねんぞ」

倫太郎はリエに怒《ど》鳴《な》った。

「だって、エリ先生がいうんだもん」

リエは、そういうなり、倫太郎の膝《ひざ》小《こ》僧《ぞう》をかなりの力で蹴《け》り上げ、冷たい顔をして、みなの輪から、するりと離れた。カヨが後を追った。

「くそっ！」

と倫太郎はいったが、この場面、鮮《あざ》やかだったのはリエの方である。

「モテる男の落とし穴」

とフランケンは、さっそく、ませた解説をしてみせた。

もう、このときは園子先生、倫太郎とフランケンの母親たちが、店へきていた。

「お盛んなこと。倫太郎さん、これからが大変」

と潤《じゅん》子《こ》が笑っていった。

倫太郎を、恋人呼ばわりしているフランケンの姉、大学生の慧子《さとこ》がいたら、いっそう修羅場《しゅらば》？ になるところだ。生憎《あいにく》といおうか、運良くといおうか慧子は、大学祭とかで姿を見せていなかった。

「エリ先生。いつまでも倫太郎ちゃんを子ども扱《あつか》いするのはよしなさい」

園子さんは、エリ先生をたしなめた。それで、ようやく愛の就縛から、倫太郎は解き放たれた。

「少林寺拳法、使われんからな……」

弁解がましく倫太郎はいった。

オンちゃんが姿を見せたので、子どもたちは喜んだ。

オンちゃんは学校の公務員だが、型破りな言動で人気があり、いわば子どもたちの親友である。

「フムフムフム」

手を後ろに組んで、オンちゃんは、もっともらしく店内を見て回った。

「ええワ、ここ。気に入ったワ。けど、オレに気に入られたら、ま、儲からへんな」

オンちゃんはオンちゃんらしい感想を述べたのだった。

少林寺拳法には、ひとつの大きな特徴《とくちょう》がある。それを一口でいえば、自己を、いつも他者との関係の中でとらえるということだろうか。

けいこの終わりは、お互《たが》い向き合って合掌礼《がっしょうれい》となるのは相手への感謝である。己だけがつよくなればよい、という考えは排《はい》される。

かつてタケやんが、ヤマゴリラに、ジブンダケガ、シアワセニナレバ、ホカノヒトハ、シアワセニナラナクテモヨイ、トイウカンガエカタハ、マチガイデス……といって抗議《こうぎ》したことがあったが、それは「半《なか》ばは人のしあわせを」という少林寺拳法の精神に則《のっと》ったものといえる。

倫太郎たちが「みどりの本」と呼んでいる教本にも、それが、くり返し述べられている。

少林寺けんぽうとは何か……テニスや野きゅうやすもうなどは、ルールがあり、そのルールにしたがって、し合が行われ、かちまけがきめられます。スポーツには、よいところが、たくさんあります。しかし、かつことが、目てきです。

そのため、あい手がしっぱいすると、手をたたいてよろこんだり、あい手がまけることを、ねがったりします。

自分い外は、みなてきだ、という気もちにもなります。少林寺けんぽうは、そのような考え方は、しません。

少林寺けんぽうのわざは、自分が強くなると同時に、あい手にも強くなってもらうことを目てきとしています。

少林寺けんぽうは、しゅう門の行《ぎょう》といわれます。これは金《こん》ごうぜんそう本山少林寺につたえられる、体と心をきたえるための、しゅ行の方ほうです。

少林寺けんぽうをしゅ行して、自分の体と心をきたえ、たよりになる強い自分をつくり、強いものが弱いものをたすけながら、おたがいに、しあわせなよの中をつくろうというものです。

「何のために少林寺けんぽうをならうか」というところには、次のように書かれている。

――ただ何となく、ついたり、けったりしていたのでは、体が少しじょうぶになるくらいです。

少林寺をならう人は、目てきをもって、ならわなくてはいけません。その目てきは、二つあります。

「自こかく立」と「自たきょう楽」ということです。

「自こかく立」というのは、本当の強さをもった、たよりになる自分をつくることです。

「自たきょう楽」というのは、自分もしあわせになるように、ど力すると同時に、ほかの人のしあわせも考える、ということです。

この二つの目てきをもって少林寺けんぽうを、ならわなくてはいけません。

他者のことを考える、他者につながる、という考え方は、社会を見つめることであり、それは究極には、よりよい社会の創造ということになる。

それを、この「みどりの本」で、わかりやすい言葉で子どもに伝える努力をしている。

四つの徳目《とくもく》がある。

「みんながしあわせで、楽しくくらせるよの中をつくる」「正しいことが正しいと通るよの中をつくる」「しんらいで、むすばれたよの中」「あらそいのないよの中をつくる」

それぞれ子どもに理解できる範囲《はんい》の文でもって、この項目《こうもく》の解説がなされていた。

しかし、徳目はあくまで徳目である。頭の先で理解しても意味はない。

そこに近づくための実践《じっせん》として、少林寺拳士の心得があり、守るべきこととして、四つの生活規範《きはん》がある。

「脚下照顧」「合掌礼」「作務《さむ》」「服装」の四つである。

あんちゃんが倫太郎たちに、これらを説いた。

「きゃっ下《か》しょうこと読む。まず自分の足もとから……ということや。日本の禅《ぜん》のお寺へ行くと、必ず玄関《げんかん》入口に、この言葉が掲《かか》げられてある。少林寺拳法の修行の第一歩は、自分自身の足もとを見つめることからはじまる。奥は深いわけやけど、まずは日常の生活の中で、それをやろう。武美」

「なにィ？」

「脱《ぬ》いだ靴《くつ》はどうする？」

「そろえる」

「おまえは、いつも、そうしてるか？」

「ときどき」

「ときどきでは、あかんのや。ときどき、やっていたんでは身につかん。いつも心がけてやる。かんたんに、心がけるというふうにいうけど、心がけるということは、おまえと、おまえの心が話し合いをすることや。いつも自分の心と話をしてる奴《やつ》は、鋭《するど》い。気配りもできる。心と、話のできん奴は、いつも、とろんとしておもしろみがない。おまえは、どっちの人間になりたい？」

「鋭い奴の方」

タケやんはあわてたように答えた。

「はきものをそろえる、そろえんは、小さなことだが、大事なことは、それを通して、自分を鋭い人間に育てることや……」

心と話をするという言い方は、倫太郎には、よくわかるのである。

「……足もとの汚《きたな》い奴や、爪《つめ》にアカをためている奴に、ろくな人間はいない、と世間で、よく、いうやろ……」

倫太郎にとって、耳の痛い話を、あんちゃんははじめるのである。

さすがに、このごろは爪にアカをためることのない倫太郎であったが、一、二年生のころは遊び呆《ほう》けて、学校の衛生検査はたいていは不合格だったという「実績」がある。

「神経質にまわりをきれいにする必要はなにもないけど、自分の体や、身のまわりを汚いままにしておいて、それが平気というのは、精神が鈍《にぶ》いか、死んでいるか、どっちかや。そんな心で、なんぼ少林寺拳法の技を研《みが》こうとしても、その元になるもんが鈍いのやからどうしようもない」

あんちゃんのいっていることを、「みどりの本」で探すと、「四つのことをまもりましょう」というところに、それがある。

きゃっ下しょうこ（脚下照顧）――はきものは、きちんとそろえましょう。自分のはきものばかりでなく、ほかの人のはきものもそろえましょう。

合しょうれい（合掌礼）――あいさつは、合しょうれいでしましょう。おたがいに、おがみ合う気もちが、もてるようになります。

作《さ》む（作務）――そうじはいやがらずにやりましょう。先ぱいもこうはいも、みんな一しょにやりましょう。

ふくそう（服装）――せいけつで、きちんとしたふくそうをしましょう。かみの毛が長いと、れんしゅうのじゃまになります。

あんちゃんは自分でもいうように、いい出すとわりと理屈《りくつ》っぽいところがある。

この場合、倫太郎たちの教育という面では、それがさいわいした。

理屈の通らないことはテコでも動かない面々である。ということは、道理がそこにあれば、それに従おうとする気持は持ち合わせているということになる。

「みどりの本」に書いてあることは、いわば徳目だ。

いいことだからといって、それを頭ごなしに押しつけようとすると、その理不尽《りふじん》だけで子どもらは反発するようなところがある。

あんちゃんの理屈は、子どもらに道理を考えさせるのに、きわめて有効だったといえた。

精神が鈍ければ、技の習得はむずかしい、というのは、少林寺拳法の修行者なら誰でもわかることだ。

日常のしつけを、そこに結びつけたのはあんちゃんのお手柄《てがら》であった。

子どもたちは、ごそごそと、自分の足もとや手先を見た。

「まあまあや。まあまあでもいい？　あんちゃん」

青ポンは例によって、のんびりといくぶん間の抜けた調子でいった。

あんちゃんは「作務」を、そのときに合わせて、あんちゃん流の「作務」に、仕立て上げてしまう。

「作務」イコール掃除《そうじ》とは限らない。

けいこ前のランニングで、あんちゃんは子どもたちに、ゴミ袋《ぶくろ》を持たせた。

「なにするの、これ」

青ポンがたずねた。

「走るだけやったら目的は体の鍛練《たんれん》一つになってしまう。それはもったいない。走っている途中で、空カンのようなゴミを見つけたら拾って、その袋に入れる。走りながら、ボランティアをやっていることになる。一石二鳥や」

さっそくタケやんが口を入れた。

「カッコ悪い。第一、走りにくい」

「おまえがカッコつける柄《がら》か」

「柄や」

そうか、覚えとく、とあんちゃんはくどく逆《さか》らわなかった。

「あんちゃんのアイデアにしては、スマートやないな」

走り出して、フランケンは冴《さ》えない調子でいった。

「あんちゃんも袋、持てよ」

倫太郎は怒鳴った。

「持っとるわい」

あんちゃんは胴衣《どうい》の帯にはさんでいたビニールの袋を取り出し、広げて肩《かた》にかけた。

フランケンが、それを冷やかした。

「おおきなァふくろォーかたにかけェー、だいこくさァーまが……」

「おまえ、旧《ふる》い歌を知っとるな」

「誰でも知ってるやろ」

「武美。おまえ、知ってるか」

タケやんは知らん、といった。

「だいこくさまがどないしてん？」

カズミチが割りこんできた。

「いなばの白兎《しろうさぎ》の話、知ってるやろ」

走りながら、フランケンはカズミチにいった。

ああ、とカズミチはあいまいな返事をした。

「知らんのか」

「なんやったかなあ」

なんや、おまえ、とフランケンはいった。

倫太郎も割りこんできた。

「神話やろ。ワニザメだまして、丸裸《まるはだか》にされる兎の話やろ」

倫太郎は知っていた。読書量の差かもしれない。

なにかおもしろい話をしていると思ったらしく、まわりの子どもたちも首を突っこんできた。

あんちゃんがたずねてみると、たいていの子どもは、その話を知ってはいない。

「おまえら、教養ないなァ……」

と、あんちゃんはいった。

「もっとオレの店で本を買って読め」

あんちゃんは下手な宣伝をした。

「隠岐《おき》の国から因幡《いなば》の国へ渡《わた》ろうと考えていた兎は一計を案じるわけや。ワニザメに……」

「ワニザメって、サメのことか？」

タケやんはたずねた。

「そやろな、それしか考えられへん。兎はおまえの仲間と、わたしの仲間はどちらが多いか比べてみよう。並んでくれれば、わたしが背に乗って数えるから、と……」

「頭、ええやん」

とタケやんはいった。

「頭のええ奴にはしばしば落とし穴がある」

「なんや。それは」

「頭のええ奴は、自分の頭のよさを他人に自慢したがる」

「ふん、ふん」

タケやんは納得した。

あんちゃんはランニングのとき、自分がいちばん快適に感じられるスピードを見つけて、その速さで走れ、と常々、子どもたちにいっている。

どこまででも走ることができそうな気分を持続して走れば、走ることは楽しい、というのだ。

学校でも年二回、長距離走《ちようきより》の大会があるが、こっちの方は、やたら順位にこだわるし、ただただ、がんばれというだけだから、マラソンは絶対、あんちゃんの指導の方がいい、と倫太郎たちは思っている。

そんなわけで、話しながら走るというのは、いつものことなので、こんな相当のやりとりもできるというわけであった。

「ほら、そこにジュースの空カンが落ちとる。トシハル、拾え」

トシハルは拾って、自分の袋にそれを入れた。

あんちゃんは話をつづけた。

「もう一歩で渡り終えるというときに、白兎に、そのあさはかさが出てしもたんやな。はじめの目的だけにしておけばよかったものを、そこを自慢したいために、やーい、だましてやった、といってしまった」

「それで丸裸か?」

「かわァーをむかれてェまるはだかァ……と歌にあるな、な、満」

「食われなかっただけ、ましやと思わなしゃーないなあ」

青ポンは、青ポンらしい感想を述べた。

青ポンは少し息がはずんでいる。やや肥《ふと》り気味の彼は、みんなと同じスピードでは、ちょっときついのである。

「ワニザメもカッコええことはない」

倫太郎がつぶやいた。

「だまされたり、おちょくられたりして、頭にきて、そいつに暴力を振《ふ》るうと、自分にカッコ悪い」

と倫太郎はいった。

「おまえ、経験あるな」

あんちゃんはにやっと笑った。

「けど、おまえ、今、ええことというたな。自分にカッコ悪い、というのがいちばん大事や。人の目なんかは、ほんとうはどうでもええんや。カッコつける、というのは人の目を意識しての行動やろ。そこらあたりをうろちょろしている奴は、スケールが小さい。自分に対して恥《は》ずかしいか、どうかを考えられる奴が大物や」

「あんちゃんは、どやねん？」

タケやんがいった。

「オレは今、修行中や」

あんちゃんがいいことをいうと、必ず、あんちゃんはどやねん、と返す癖《くせ》が、このガキどもにはある。

口先だけで、ええことをいっても信用せん、という気構えをもろに示すから、このガキどもを相手にするときは、あんちゃんも気が抜けない。

「それで、なんやったかな、白兎の話……」

「ワニザメもカッコ悪い、と倫ちゃんがいうたんや」

タケやんが助けた。

「そや。話は、そこからや。おーい、先頭、次の交差点を右に回れ。ま、嘘《うそ》をついた兎も悪いけど……」

「一所懸命《いっしょけんめい》考えてついた嘘や。許したれ」

と倫太郎は、あんちゃんの話をかき回した。

「おまえ、いやに兎の肩、持つな」

フランケンがフフフ……と笑った。

「皮を剝《む》かれた丸裸の兎が浜辺で泣いとったら、根性の悪い神様に出会うわけや。おい、信号、気ィつけろ」

「神様でも、根性の悪いのがおるのン？」

と青ポンはきいた。

「中にはそういうのもおるやろかい」

あんちゃんは無責任だ。

「海の水を浴びたら治ると、ええかげんなことを教えた」

「神様が弱いもんいじめしてええんか」

タケやんは憤慨《ふんがい》している。

「他人を欺《あざむ》いた奴は、こってり痛めつけて、一つ教訓作ったろ、という気ィがあったんかもしれん。この話、作った奴に。オレは話してるだけや。そこへ心やさしい大国主命《おおくにぬしのみこと》が通りかかるという寸法や」

「はじめはオオナムチという名や」

とフランケンがいった。

「出世して名前、変わったんか」

あんちゃんは思いつきででたらめをいったつもりだが位をもらって大国主命になったわけだから、それは当たっているのである。

「ま、そんなのどっちゃでもええ。ほな、オオナムチにしといたろ。その神様が、兎に一度、真水で体を洗って、そしてガマの穂を敷《し》き、その上に寝《ね》なさい、と、まあ、こんどはまともなことを教え、兎は救われたという、そういう話や」

「そんで終わりか」

とタケやんがきいた。

「終わりや。話は、うまいぐあいに作ってある」

「そんな話、なんにもおもろないやんか」

「オレに文句つけたってしょうがない」

「兎のだまし方がおもろいだけで、あとはカスみたいな話や。なんや、そのオオナムチという奴は」

「神様やから、奴なんていうな。おまえ、罰《ばち》、当たるぞ」

と、あんちゃんはいった。

フランケンが口をはさんだ。

「違う、違う。あんちゃんは勉強不足や。今の話は安モンの絵本に載《の》ってたストーリーやろ。ほんとの話はもっとおもろい。なあ、倫ちゃん」

倫太郎は、うん、といった。

「あれは神話やからな。他に、もっとあるのか」

あんちゃんは、フランケンの物識《ものし》りに一目《いちもく》置いている。

素直《すなお》にたずねた。

「オオナムチは、うす汚《よご》れていてドジで、兄神らから、いつも、いじめられているんや。ヤガミヒメという美しいお姫《ひめ》さまに、兄弟で会いに行くところで、オオナムチは荷物持ちや」

「そんで大きな袋を持ってたんかァ」

タケやんは納得した。

「それをいわんと、オオナムチがなんで兎にやさしくしたのか、わからへん」

「うん、うん」

あんちゃんのいいところだが、こういうとき、カッコをつけるということをしない。

「兎を救《たす》けるだけの話やったら、タケミが、なんやいうても、しゃーない。オオナムチに救われた兎は、こんどはオオナムチを救けるんや」

　ああ、そういう話やったんかと、あんちゃんはいった。

「どんな話や。つづきやりィ」

　青ポンが催促《さいそく》した。

　青ポンは息をはずませ、汗《あせ》を流している。

「兄神は、それぞれヤガミヒメにとり入ろうとするんやけど、ヤガミヒメはそのうす汚いオオナムチを好きになるねん」

「そのお姫さん、ええとこあるやん」

　とタケやんはいった。

「うん。それで、ねたまれたオオナムチは、兄神たちに、はかりごとを企《たくら》まれるんや。イノシシを追い出すから、しとめろ、といわれ、イノシシの代わりに火の玉を落とされて死んでしまう」

「死ぬのン？」

　拍子抜《ひょうしぬ》けしたようにタケやんはいった。

「うん。でも、話はまだつづく」

　ハッハッハッと青ポンの息が荒《あら》い。

「ここでオオナムチに救けられた、いなばの白兎が出てくるねん」

「あ、そうか」

　タケやんは安心した。

「母神のカミムスビに、兎が知らせる。そこから、いろいろおもしろいことが起こるんや。なあ、倫ちゃん」

「うん。そや」

　倫太郎は、汗一つかいていない。

「母神のカミムスビは、キサガイヒメとウムギヒメを呼んで、オオナムチを救けるよう命じるねん」

「オオナムチは死んでるんやろ？」

　タケやんが口をはさんだ。

「神様の国の話やから、なんとでもなるんや」

「ふーん？」

　タケやんは納得いかない顔をしている。

　あんちゃんは少し笑った。

「キサガイヒメは赤貝で、ウムギヒメは蛤《はまぐり》なんやけど……」

　なんやわけのわからへん話やなァ……とタケやんはぶつくさいった。

「赤貝は貝殻《かいがら》と貝殻をこすり合わせて、白い粉を作ると蛤は、ねばねばの汁《しる》を出して、そこに入れ、混ぜたものをオオナムチの体に塗るねん。そしたらオオナムチは生き返るんや」

青ポンが
「あーら不思議」

といったので、みな笑った。

青ポンも、ときどき道化《どうけ》たことをやったりいったりするのである。

「兄神らは、また計略を企む。執念《しゅうねん》深いねん。こいつら。オオナムチを木にのぼらせ、打っていたくさびを抜くと、オオナムチはその木にはさまれて、また、死ぬ」

「何回死んでも生き返るんやったら、死ぬのも生きるのも同じや」

しごくもっともな感想をタケやんはもらした。

「兎が、また救けるわけ？」

「うん。そんな話がずっとつづく」

ゴミ袋を担《かつ》いだ現代の神様は、なんでも楽しみに変えて、屈託《くったく》ないのであったが……。

「オオナムチはヤガミヒメにモテたんやろ？」

黙《だま》ってきいていたカズミチが口をはさんだ。

「兄神は何人いたん？」

「わからん。八十神《やそがみ》と書いてあったから、八十の神様かな」

神様って、ぎょうさん子を生むねんなあ、と青ポンがいったので、あんちゃんは笑い出した。

「おまえらの話は、なんやおかしいワ。ま、ええ。おもろいからつづけろ、つづけろ」

カズミチはおしゃべりをつづけた。

「オオナムチはヤガミヒメにモテる前は、いじめられるだけやったのに、それからは命を狙《ねら》われるようになったんやから、女のうらみはこわい、いう話や。これは」

ゲゲゲ……とあんちゃんは笑った。

「おまえ。話をややこしいとこへ持ってきよったナ」

と倫太郎。

「うす汚……ないオオナムチが……なんで……ヤガミヒメに……モテたン？」

肩で息をしながら、青ポンはたずねた。

ペースを落として列から離れていけば楽なものを、話に加わりたいばっかりに、青ポンは無理をしているのである。

「おまえ。鈍い奴やな……」

と、あんちゃんはいった。

「なん……で？……」

「そんなことがわからんかったら、おまえ、女にモテへんで」

「……おんな……きらい……や」

「嫌いでよかった」

あんちゃんは冷たい。

「兄神は、兎を潮水《しおみず》に浸《つ》けていじめたやろ。オオナムチはどうしたんや」

「……ま……みずで……からだ……ハッハッハッ……あらわせて……ガマの……ほォ……に……ハッハッハッ……」

「そういう行いを、どういうねん？」

「……そういう……行い？……」

「いじめの反対やから、やさしいわけやろ」

「……うん……そやな……ハッハッハッ……」

「ヤガミヒメは、それを見抜きよったわけや」

「……あ、そうか……」

「女にモテる第一の条件は、やさしいということや」

あんちゃんは、子どもたちの前で、えらい話をはじめたが、じき、タケやんに話の腰《こし》を折られた。

「ああ、それで、あんちゃんは女にモテへんねん」

「……………？」

「なんちゅうても、女は、顔やって、前、いうたやろ。ブスはあかんて」

おまえ……と、あんちゃんは、タケやんをひっぱたきにいった。

タケやんは、あんちゃんに三つばかり、どつかれたが、ヒヒヒ……と笑っている。

「顔がよかったら、中身はどうでもええちゅうんか。そういうのを女性差別というんじゃや」

「ほな、あんちゃんは、差別をしたんや」

タケやんは、まだ、あんちゃんをからかっている。

「やさしいだけで、女にモテるということもないけどなぁ」

フランケンまであんちゃんに注文をつけ出した。

「当り前や。そやから第一の条件は、というてるやろ」

「やさしいけど気色《きしよく》の悪いのンがおるし、下心のある奴もいるしさ」

誰のことをいっているのか、フランケンはそんなことをいう。

あんちゃんはフランケンをじろりと見た。

「やさしさの質の問題やろ。表面だけのやさしさでコロっといくような女は、女の方に中身がないのや」

「どんなやさしさや。コロといくって、どういうことや」

タケやんが口を入れた。

「おまえらに、つき合うのん、疲《つか》れるワ。ほんま」

と、あんちゃんはうんざりした顔をしていった。

「ませたガキから、幼稚《ようち》な奴まで、ごちゃまぜやさかいナ……」

とぶつぶついった。

「見え透いたお世辞をいうたり、物を買ってやって気を引いたり……つまり、そういう手を使う奴がいてるやろ……」

ともかくも、あんちゃんが説明しているのにタケやんはいった。

「オンちゃんがいうとったで。ええカッコせんと、あらゆる手ェを使え。そやないと、したいことなんかできへんって」

「おまえ……」

と、あんちゃんは拳《こぶし》を振り上げた。タケやんは飛んで逃《に》げた。

「あんちゃんの負け、負け」

みんな笑う中、倫太郎がいった。

「おまえらみたいなスレたガキを相手にしてると、こっちまでおかしくなるワ」

胸くそが悪い、といった表情であんちゃんはつぶやく。

タケやんがにたにた笑いながら、列の中へ戻《もど》ってきた。

「武美」

「なんや」

いつでも逃げ出せる用意をして、タケやんは返事をした。

「おまえ。好きな女の子、おるやろ。おったやろ、という質問に変えてやってもいい。どや」

タケやんは、にたあ、と笑った。

「カッコつけんと正直にいえ」

あんちゃんは子どもらに対する攻《せ》め所を変えたようだ。

どや、武美、とあんちゃんが二度いったら、タケやんは
「そういうのは人にいわんの」

と、子どもにしては味のある返事を返した。

「へえ」

あんちゃんは別の目になって、タケやんを見た。

「ほな、いてるわけやな」

青ポンがそれをばらした。

「タケミは……ブルーサタンが……好きやねん」

青ポン……と、タケやんは制止しようとしたが、もう遅かった。

「へえ」

と、あんちゃんは意味ありげにいった。

「おまえ、あんがい人を見る目があるんやなあ」

タケやんは照れたような顔になった。

「相手が大学生では、かなわぬコイのタキのぼりやけど、志は高い方がええ。へえ……見直した、見直した」

「……けど……ブルーサタンは……りんちゃんを……こい……びとやいうてる……さかい……タケミは……ぶが……わるい……」

青ポンは、また、よけいなことをいった。

倫太郎は後ろに回り、足で、青ポンの尻《しり》を、ぐいと押した。

青ポンはよろけた。

あんちゃんは、タケやんにいった。

「おまえ。あらゆる手を使《つこ》うて、ブルーサタンの気ィ、引いてんのか」

「そんなことせえへん」

「ほら、みィ。好きな奴の前で、みっともない真似《まね》なんかせえへんやろ」

「うん」

タケやんは素直にうなずいた。

「誰かを好きになる値打ちというのはそれや。カッコの悪い人間になりたくない気持が自分を磨《みが》く。表向きを飾ると、つまりカッコをつけるだけやったら、自分の中身はなんにも変わらん。見えを張る分、醜《みにく》くなるだけや」

あんちゃんのことばを子どもたちは神妙《しんみょう》にきいた。

「誰かを好きになる、という部分は同じでも、その内容で、成長する奴も、あかん人間になっていく奴も出てくる。オレは、それをいいたかったんよ。おい、一通《かずみち》。そこに空ビンが落ちとる。拾え」

話に夢中で、子どもたちの袋に、ゴミはほとんど、たまっていない。

あんちゃんはいった。

「人にやさしく、自分にきびしいという者のところには、女だけやなしに、人は、なんぼでも向こうの方から寄ってくる」

「あんちゃんは、ええ線、いってるけど、もうちょっとやな」

と、フランケンは挑発《ちょうはつ》した。

「そやから、オレは修行中っていうたやろ」

あんちゃんは乗らない。

「オオナムチは、人にやさしくて、自分にきびしい人やったんか」

カズミチがたずねた。

「そうかもしれん。会《お》うたことはないから、ようわからんけど……」

子どもたちは少し笑った。

「倫ちゃんはオオナムチか」

「なんや、それ」

「倫ちゃん、モテるやん」

とカズミチはいった。

「倫太郎はモテるんか？」

と、きいたあんちゃんに、トシハルが
「リエやろ、エリぼうやろ、ブルーサタンやろ」

と数え立てるように並べた。

倫太郎は知らん顔をしている。

あんちゃんは、はあ、はあ、とうなずいた。

「個性の強い奴ばっかりやな。迫《せま》られると受け切れんぜ」

あんちゃんは自分を倫太郎に見立てたようだ。

「ミツルもモテるねんで」

羨望《せんぼう》をこめてタケやんはいった。

「オレ、知ってるもん。ミツルを好きな女の奴、何人もいる」

女の奴といったところに、タケやんの気持がこもっているようであった。

「満がモテるのん、わかるな」

と、あんちゃんはいった。

「……なんで？……」

青ポンがたずねた。きついのに、まだ、みなについてきているのである。

「満は感情が繊細《せんさい》やから、そこにひかれるんやろ。女は、そういうところ、よう見とるさかいな」

「へえーおれ、モテるのン？」

フランケンはとぼけた。

「倫太郎を好きになるタイプと、フランケンを好きになるタイプは違うやろ？」

タケやんは、びっくりしたような顔をした。

「違う。でも、なんで、あんちゃんにそれがわかるのン？」

あんちゃんはにやにやしただけで、それに答えなかった。

さすがに、ゴミ拾いのボランティアの方がさっぱりなのを、あんちゃんは気にした。

「いなばの白兎も『女性講座』も、これで終わり。ゴミ拾いがおるすや。これから二十分はゴミに集中」

あんちゃんは大きな声でいった。

「車の通る道に、ゴミが多い。あんちゃん」

と倫太郎。

「よし」

信号を左に、子どもたちの列は大通りに向かった。

分離帯の植込みの中に、ゴミは多かった。

タバコの吸殻《すいがら》に空箱、清涼《せいりょう》飲料水の空カンや空ビン。凄《すさ》まじいほどだった。

子どもたちの足は、たちまち止まる。

「車に、気ィつけろよ」

あんちゃんは注意した。ゴミを拾う子どもたちから目を離さないようにしている。

「なんで、ここにゴミが多いんやろ」

青ポンはいった。

「ポイ捨てや」

誰かがいった。

「どこに捨てても同じやのに、なんで、ここに多いんや」

おまえはええとこに気がついた、とあんちゃんはいった。

「…………？」

「平気でゴミを捨てる奴はもちろんおるけど、たいていは、やましい気持があるから、こういう茂《しげ》みを狙って、ポイ捨て、をやるんや」

「あ、そうか」

青ポンはうなずく。

「そういうのを横着心という。これを身につけたら、人間は汚れるでぇ」

ゴミの話ではないということが、子どもたちにもわかる。

あんちゃんは、子どもたちにいった。

「この中で、オヤジがタバコを吸う奴、手を挙げてみィ」

半分以上の子が手を挙げた。

「道に捨てたり、窓の外へポイと、やったりするのを見たことあるかァ」

「ある」

「ある」

「そのとき注意してるか」

「…………」

「…………」

子どもたちは、ちょっと怯《ひる》んだ。

「拳法で、卍《まんじ》をつけてるんやったら、ガキでもオヤジに『灰皿があんのや。オヤジ、そこへ入れろ。地球を汚すな』くらい、いえ」

わかった、こんど、いうてこましたる……とタケやんはいった。

「……そのかわり、どつかれたら、あんちゃん、責任を持ってよ」

とちゃっかりいった。

「そら違うやろ」

あんちゃんはタケやんにいった。

「おまえ自身、オヤジに、そういえるように修行せなあかんのや。そのセリフをガキが大人《おとな》にいうためには、ガキの方がちゃんとしとらなあかん。どこからも突かれんように隙《すき》をなくすことや。自分の身のまわりをだらしなくしとって、それをいうから、いうた相手になぐられるんや」

タケやんは一言もない。

少しの時間で、子どもたちの袋は、たちまち膨《ふく》らんだ。

そこで、また、子どもたちは駆《か》け出した。

「ヤ」

「ヤ」

「ヤ」

という掛《か》け声が、いつか

「ヤ」
「オオナムチ」
「ヤ」
「オオナムチ」
「ヤ」
「オオナムチ……」

と変わった。

通りかかったばあさんが
「あんたらなにしとる？」

とたずねた。

スピードをゆるめ、あんちゃんが手短に説明した。

「えらいお子たちやのう。きょうびの大人に見倣《みなら》わせたいわい」

と、ばあさんはいった。

「ヤ」
「オオナムチ」
「ヤ」
「オオナムチ」

フランケンがいった。

「いいことをするのは、ちょっと恥ずかしいナ」

倫太郎はいった。

「ちょっとやない。ぎょうさんや」

すると、また、掛け声が変わった。

「ヤ」

「恥ずかしい」

「ヤ」

「恥ずかしい」

「ヤ」

「恥ずかしい」

最後は河原《かわら》で、基本突きの練習だった。終わって、あんちゃんはいった。

「動きの中に深さを持て、というのは、技だけじゃなしに自分の身のまわりを整えること、自分の人生を整えることは、全部、作務や。開祖がいうてる。思う前に動け、と。いいことは無意識のうちにできんとあかん」

この日、あんちゃんは作務を通して、子どもたちに、「鍛練」「ボランティア」「女性講座」の一石三鳥を与《あた》えたのであった。

倫太郎と、担任《たんにん》のヤマゴリラとの関係は、よい方向に向かう兆《きざ》しが見られないまま、五年生時代が過ぎていくようだった。

相性が悪い、という言い方があるが、ふたりはたいていのことが、ちぐはぐになるのである。このときも、そうだった。

学校の運動場沿いに道があり、その道に並行して、U字溝《こう》が通っていた。子どもの背丈《せたけ》ほどの深さがある。水は、ほとんど流れていない。草が覆《おお》うようにかぶさっていた。

昼休み、そこに子どもたちが群がっていた。

「なんや」

「なんやろ」

それを倫太郎たちが、見逃《みのが》すはずはない。

倫太郎たちは駆けた。

「なんや」

「おばあさんが袋、落としはってん」

四年生くらいの女の子がいった。

「巾着《きんちゃく》、落としましてん。お金や老眼鏡が入ってますさかい……」

ばあさんは困っている。

「見とらんと拾うたれ。あほか」

倫太郎は溝に向かって身を躍《おど》らせようとした。

少林寺拳法の開祖とあんちゃんのいう、思う前に動け、いいことは無意識のうちに……を、早速、実践している倫太郎である。

「あきまへん、あきまへん。ぼく、そんなことしたらあきまへん」

ばあさんはあわてて倫太郎の服の裾《すそ》を引っぱった。

「なんでェ?」

「ヘビがいます。あれはマムシです。二匹もいますやろ。毒へビやから咬《か》まれたら大変や」

そういわれて、倫太郎は、溝の中をのぞきこんだ。よく観察した。

「なんや」

と倫太郎はいった。

ばあさんの方を向いて
「あれ、マムシと違う。ヤマカガシや」

と教えた。

「マムシと違いまっか。わたしはマムシやと思いまっせ」

「あんな、おばあちゃん。マムシは首が、もっと三角形や。あのヘビはおなかの横に、模様みたいなんがついてるやろ。マムシはあんなんあれへんねん」

「そうでっか。ほんまに毒、あらしまへんか」

「牙《きば》に毒はあらへん。でも首のつけ根くらいに毒の出る腺《せん》があって、巻きつくと、首をくっくとなすりつけ毒をつけるの」

「ほら、み。あんた……」

あきまへん、あきまへん、くわばら、くわばらと、ばあさんはいった。

「けどな、マムシは首もたげて襲《おそ》ってくるけど、ヤマカガシやシマヘビは腹筋が弱いから、しっぽ持って、ぶら下げるとダラッとしよるんや」

ばあさんは感心した。

「あんた、えらい物識りやなあ。どこで、そんな知恵《ちえ》をもろてきたの」

「ウエハラさんいうて、変なオッサンがおるねんけど……」

子どもらが笑った。自分のオヤジのことなのに、タケやんまでにたあとした。

「……学校で教えてくれへんことは、たいていそこからや」

タケやんがいった。

「倫ちゃん、あれ、オスとメスや」

「うん。そやな」

「つがいでおったら絶対、襲わへん」

「うん」

倫太郎は無造作に、U字溝に下りて、ヘビの横に落ちている巾着を、なんのちゅうちょもなく拾った。

同じクラスの岩崎ミキオが、体を伸《の》ばし手を差し出したので、倫太郎は、その、ばあさんの持物を彼に手渡した。

ミキオは、それを、ばあさんに渡した。

ばあさんは
「ありがとう」

と、とりあえずミキオに礼をいった。

そこへヤマゴリラが、女教師といっしょにやってきたのだ。

子どもが群がっていたので、それをヤマゴリラに告げた女教師共々なんだろうとようすを見にきたようだ。

「どうしたんだ」

ヤマゴリラは子どもらにたずねた。

ばあさんが先に
「おたくの子どもさんに、落とし物を拾うてもらいました」

といった。

「おまえらも、たまにはええことをするのやな」

ヤマゴリラは、そういった。

タケやんが小さな声で、あほか、と吐《は》き捨てた。

一方、倫太郎はヘビを処置するつもりで、二匹のヘビのしっぽをつかんで両手でぶら下げたばかりのところだった。

遠くへ投げ捨てるつもりだったのだ。

それをヤマゴリラが見た。

「どうせ、こんなことやろと思とった」

ヤマゴリラは舌《した》なめずりするようにいったのである。

「ミキオを見習え」

U字溝の倫太郎を見下して、ヤマゴリラは怒鳴った。

「ミキオが人助けしているのに、それに比べおまえはヘビをとって、また、人を驚《おど》かそうとしとるのやな」

頭にきた倫太郎は、右手のヘビと左手のヘビを、ヤマゴリラ目がけて投げた。

ヤマゴリラはかろうじて、それを避けたが、無防備だった女教師の左頰《ひだりほお》から首筋にかけて、投げたヘビがひっかかるように当たった。

「きゃあ！」

と絶叫《ぜっきょう》し、次に
「ひィ！」

叫《さけ》んで、卒倒《そっとう》した。

ヤマゴリラは逆上した。

溝から上がろうとしている倫太郎のえり首を服ごとつかみ、力まかせに引きずり上げると、左手で倫太郎の頰を打った。乾《かわ》いた音がした。

「なにするんじゃ」

タケやんらが倫太郎を庇《かば》おうとした。その手を払いのけ、倫太郎はヤマゴリラに突進した。

意外な展開に、ばあさんは驚いた。

「違います、違います。あんたさん、それは違います」

ばあさんは気丈夫《きじょうぶ》だった。

ふたりの中に割って入り
「止《や》めなさい。わたしの説明をききなさい」

と大きな声を張り上げた。

倫太郎は荒い息をして、ヤマゴリラを睨《にら》みつけた。

「許さん。とことんやったる」

ヤマゴリラは教師にあるまじきセリフを吐き、じっさい顔も青ざめている。

「この子が、ヘビのそばに落ちていた巾着を拾うてくれたんです。な、みんな、そやね……」

「そや」

「そやで」

子どもたちは青い顔で、口々にいった。

ヤマゴリラの表情に狼狽《ろうばい》の色が走った。

「『なんとかなりませんか』と頼《たの》んでも『ヘビおるもん』とたいていの子はいうたのに、この子だけがとりにいってくれたんです。この子が拾うてくれたんやから、そんなに怒《おこ》らんとって」

「…………」

ばあさんは、おしまいにきついことをいった。

「こんな子ォをたたいたら、先生の値打ちはいっぺんに下ります」


この事件のことは、すぐ芽衣《めい》の耳に入った。

子どものことは、できる限り、子どもにまかせ口出ししないように努めているつもりの芽衣だったが、このときは倫太郎と話す必要を感じた。

「倫ちゃん」

「なんや、オバハン」

倫太郎は相変わらず芽衣のことを、オバハンと呼ぶ。

この出来事の事実関係の細部を、芽衣は倫太郎にたずねた。

「そんなことをいちいちきいてどないすんねん。オバハン、仇討《かたきう》ちにでもいく気か」

「あほいわんとって……」

と芽衣はいった。

「あんたのことは、あんたが始末しなさい。わたしに関係のないことだわ」

「そやそや。それでいいのんや」

と倫太郎はいった。

「一つだけ気になることがあるわ」

「なんや」

「あなた、西牟田《にしむた》先生に抵抗したでしょう?」

「当り前や。相手が誰でも、なぐられっぱなしなんて根性のない倫太郎ちゃんじゃないわい」

「先生に暴力を振るわれても、生徒が先生をなぐり返すのは人の道に逆《そむ》くことになってるの。ふつうは」

「そんなこと誰が決めたんや」

「誰が決めたというもんじゃないけど、秩序《ちつじょ》は人の道にはずれたところにはないの」

「オバハンのいうことは全然わからん」

「ようききなさい、倫ちゃん……」

「ききまっせえ。ききまっせえ。倫ちゃんは親孝行な子ォやよって」

と倫太郎はふざけた。

芽衣は倫太郎の膝《ひざ》を、びしゃっとたたいた。

「ふざけなさんな。倫ちゃん、あんた、西牟田先生をどう思ってるの？」

「むかつくだけじゃ。あんな奴」

と倫太郎は語気を強めていった。

芽衣はため息を吐《つ》いた。

「そう。それじゃ、あんたもダメな人間やねえ」

「それ、どういう意味や。オバハン」

「憎《にく》しみだけで、人とつながるのは淋《さび》しいと思わへん？　倫ちゃん」

「相手が無茶苦茶やのに、オレにどうせい、っていうんじゃ」

「確かに、あの先生は問答無用のところがあるけれど、あの先生も人間なのよ」

「あんな人間がおるから、地球が汚れるんじゃ」

芽衣は、また、ため息を吐いた。

「あんた。亡くなったおじいちゃんがいったこと、覚えてる？」

「…………」

「人に好き嫌いがあるのは仕方がないけれど、出合ったものは、人でも、ものでも、みんなかけがえがないって、常々おっしゃってたでしょう。出合ったものは、みな、大事にしなさい、人は、どんなものからでも学ぶことができるのだから、って」

なにかいいかけて、倫太郎は口ごもり、そのまま黙ってしまった。

倫太郎の心に住みつづけているじいちゃんは、倫太郎にとって、絶対的存在である。今なお光芒《こうぼう》のみなもととなり倫太郎を律しつづけている。

「自分の方に、理がある、と思っているときほど、よく考えて行動しなくちゃいけないのよ、倫ちゃん」

「………」

「あなたは、おばあさんの落とし物を拾ってあげたのだから、人さまに叱《しか》られる理由はなにもない。ヘビをつかんでいたずらをしようとしていると思いこんだのは、西牟田先生の早とちりだから、これは、どこから考えても、あなたの方に、理がある。そうよねえ、倫ちゃん」

「そうや」

仏頂面《ぶっちょうづら》で倫太郎は答えた。

「子どもを色眼鏡《いろめがね》で見るのはよくないけれど、早とちりそのものは悪意じゃないわ。ほんとうのことがわかって、居場所がなくなったのは、どっちの方?」

「………」

「どんな場合でも、相手の立場に立って、ものごとを考える部分を残して置ける人が、深い人間なんでしょ。あなたは、そのことを、おじいちゃんから、しっかり教えてもらって成長したんじゃなかったの」

「………」

「居場所のなくなった相手に、自分の方に理があるからといって一方的に攻め立てるのは、ほんとうに勇気のある人が、することなの」

「…………」

「人は、ときには憎むことも必要な場合もあるでしょうけれど、憎しみや怒りにまかせて行動すると、その大事なところのものが、ふっ飛んでしまうのがこわい。あなたにお説教しているんじゃなくて、わたしも気をつけなくてはいけないことだから、いうのよ」

「…………」

「憎しみで人に接していると、人相が悪くなるわ。正義もけっこうだけど、人相の悪い人を友だちに持ちたくない。わたしは」

「…………」

倫太郎は、ついに、一言も発することはなかった。


家庭科の時間、ヤマゴリラは割烹着《かっぽうぎ》を着けた。

その姿を見て、タケやんたちは、ゲタゲタ笑った。

「笑っとらんと、おまえたちも早く、着けろ」

ゴンタ坊主の割烹着姿は、愛嬌《あいきょう》がある。

お互い、それぞれを指さし合ってククク……と笑っているのであった。

はじめての調理実習だった。

黒板に
「ハムエッグ」

と書かれてあった。

「先に、キャベツを刻んでおく」

ヤマゴリラは指導書の手順に従って、そういった。

子どもたちは、危なっかしい手つきで、キャベツを刻んだ。

「キャベツを押《お》さえている左手の指は丸めて、中へ入れておくように」

「どうして？」

誰かがきいた。

「そうしておけば指を切らんですむ」

「あ、そうか」

タケやんが憎らしいことをいった。

「どうせ、ヨメはんに教えてもろてきたんやろ」

さいわい、ヤマゴリラの耳には届かなかった。

刻んだキャベツは、ボウルに張った水の中に浸けた。

「先生」

「なんだ」

「キャベツを水に浸けると、ビタミンが逃げるのと違いますか」

田村マイがいった。子どもも、けっこう知識がある。

「清浄《せいじょう》と、キャベツをしゃっきりさせて歯応《はごた》えをよくするのが目的だが、栄養のことを考えると、田村のいうのが正しい」

ヤマゴリラは、そう答えた。

「フライパンを火にかけなさい」

子どもたちは、六人一グループになっている。

「サラダ油は、ごく少量だ」

一人前ずつ作る。

ハムを入れ、卵を割って落とした。少量の水を入れ、蓋《ふた》をした。

「表面がうっすら白くなったら出来上がりだ。中は半熟、卵は、その状態がいちばん消化吸収がいい」

次々、ハムエッグが出来上がる。

一通り指導が行き渡ったので、ヤマゴリラは、自分の分を、自分でこしらえた。

卵を割るとき、右の手の中に卵を包みこむように握《にぎ》り、フライパンの角に、カーンと当てると、そのまま手のひらを開くようにして、中身を落とした。

それが、ひどくカッコよかった。

さっそく倫太郎は挑戦した。

掌《てのひら》の面積の小さな子どもに、そんな方法がうまくいくはずはない。

卵はグシャッとつぶれて、それがそのままフライパンに落ちた。

「ありゃ」

倫太郎は、小さく叫んだ。

「しゃーない」

倫太郎は、フライパンのハムを箸《はし》ではさんでとり、返す手で卵を箸の先でかき回した。

タケやんをはじめ、倫太郎のグループの子どもたちが、ちらっとヤマゴリラを見た。

また一悶着《ひともんちゃく》か、という表情になった。

あんのじょう、ヤマゴリラは倫太郎の所にやってきた。

「なにやっとんのや」

いっしゅんだったが、倫太郎の感性が、ヤマゴリラの微妙《びみょう》な変化を捉《とら》えた。

ヤマゴリラのことばに、いつものような刺《とげ》がなかったことだ。

ヘビの一件があり、ヤマゴリラなりに倫太郎への接し方を考えたのだろう。それが、言葉づかいのニュアンスに出た。

その変化が、これまた、いっしゅん、倫太郎に、芽衣にいわれたことを思い起こさせるきっかけを与えた。

(憎しみで人に接していると、人相が悪くなる)

ヤマゴリラに対応するように、倫太郎はいった。

「失敗してしもた。もう一回やる。これはスクランブルエッグ」

ヤマゴリラは
「そういうのもあるな」

といって何事もなかったように、倫太郎のグループから離《はな》れた。

隣りのグループにいたリエが、ほっとしたような顔をした。

リエも気を揉《も》んでいたのだ。

「ヤマゴリラ、怒らんかったナ」

タケやんはいった。

「うん」

フランケンは、ヤマゴリラを目で追った。そして、ほんの少し、首を傾《かし》げた。

それはよかったのだが……。

子どもというものは、次々、事件を起こすものだ。

ツトムがへまをやった。

ハムエッグを皿に移すのに、カッコをつけたつもりか、テレビで見たコックの真似をして、フライパンにはずみをつけ、ひょいと空中に飛ばして、それを皿で受けようとした。うまくいけば拍手喝采《はくしゅかっさい》だったのだが、倫太郎の失敗と同じで、これまた、無残な結果となる。

目玉焼きが自分の皿に到達《とうたつ》する前に、ツトムの横にいた伊藤フウコの腕《うで》の内側の柔肌《やわはだ》に、ぺたっと張りつくようにくっついたから大変だ。

フウコは
「キャ！」

叫び
「熱いィ……」

と悲鳴を上げた。

「ごめん、ごめん。ごめんな、フウコ、ごめん……」

フウコの腕をつかんで、ツトムはうろうろした。

ヤマゴリラが飛んできた。

カミナリが落ちる、と、みな、思った。

ヤマゴリラは、ツトムの恐縮《きようしゆく》しまくっている姿を横目で見た。

ツトムは半分、泣きかけている。

さすがにツトムを叱ろうとする気持よりフウコの身を案じる方に心、急《せ》かれたようだった。

「伊藤。大丈夫か？」

ヤマゴリラは、フウコの手をとって見た。

彼女が特別、色白だったこともあり、熱いサラダ油のべっとりついたハムエッグの張りついた跡《あと》は、痛々しいほど真っ赤だった。

「こりゃ、いかん。冷やさなダメだ。氷はないか」

氷など、あるはずはない。

「じゃ、水だ。水で冷やそう」

「『医者いらず』がいい」

倫太郎がいった。

「なんじゃ、そりゃ？」

「学校の裏にアロエがある」

「ああ」

ヤマゴリラは納得《なっとく》した。

倫太郎、フランケン、タケやんは、いわれる前に、もう飛び出していた。

数分後、アロエを手にして、子どもたちは戻ってきた。

倫太郎は、フランケンとタケやんに手伝わせ、アロエを平たく二つに割いた。それをフウコのやけど痕《あと》の長さに合わせて切った。そして、それを、そこに当てた。

「冷たくてええ気持やろ。すぐ熱はとれる。後から、ひりひりもせえへん」

倫太郎はいった。

泣きべそをかいていたフウコだったが、こくっとうなずいた。

倫太郎は、しばらくフウコの腕にアロエを押しつけていた。

笑顔の戻ってきたフウコは倫太郎にたずねた。

「倫太郎さんは、なんで、こんなことを知ってるの」

「オレか。オレはじいちゃんに教えてもろたんや」

周りを、とり囲んでいた、倫太郎の祖父を知っている子どもらが口々にいった。

「倫ちゃんのじいちゃんは、すごいでェ」

「名人や」

「なんの？」

「大工の棟梁《とうりょう》」

「なんでも知ってるから、物識りの名人というてもええ」

ヤマゴリラは迷っていた。

伊藤フウコを、すぐに保健室に連れていこう、と思っていたのだが、子どもたちが自分で、それぞれ気をつかって行動しているようすを見て、手出しのできないような気持も生じていたのである。

悪いことをしていない倫太郎を殴《なぐ》ってしまった後ろめたさが、微《かす》かだが、子どもに対するえんりょとなり、その気持を通して子どもを見ている自分を意識しているヤマゴリラであった。

不思議なことに、倫太郎たちが自分に敵意を持っていない。

ヤマゴリラは思い当たった。

倫太郎たちのやんちゃグループが二度にわたって失敗をやらかした。

いつもは怒鳴《どな》りつけるのだが、こんどは、それを差し控《ひか》えた。すると、また別の、倫太郎たちが見えてきた。そんな思いだった。

倫太郎は、再度、新しいアロエを、二つに割いた。

「塩、あるか」

タケやんが、味塩を持ってきた。

「そんなんあかん。オレの塩、とって」

「どない違うねん？」

タケやんがきいた。

「天然の塩でなかったらあかん」

「ふーん」

倫太郎はタケやんがとってきた自然塩を、アロエの切り口に、パラパラ振った。

「フウコ。おまえの唾《つば》、ここへ落とせ」

えっ？　という顔を、フウコはしたが、いわれる通り、そうした。

倫太郎は、器用にアロエの刺の先で、それらをアロエの樹液と交ぜた。

フウコの赤く腫《は》れたところへ、それを塗《ぬ》りつけ

「オ、ケイー」

といった。

倫太郎とフランケンの家庭に、大きな変化が起こりつつあった。

芽衣と潤子は、その都度《つど》、電話で話し合ってはいたのだが、直接会って、話しこむのは久し振りのことだった。

「あら。少しやせたんじゃないの」

「そう？　だったら、わたしも人の苦悩《くのう》を共にできる人間だということの証明だから、まんざらでもないわ」

潤子がいい、芽衣は
「まあ」

といった。

「わたしの方と比べれば、あなたの方は、まだ問題が複雑じゃないから、ましかもしれないわね」

「そうねえ。でも、子どもへの影響《えいきょう》ということを考えると……」

芽衣は口ごもった。

お互いよねえ……、と潤子はいった。

「宗次郎さん、もう会社、辞《や》めたの？」

「ええ。先月のはじめに」

「で、もう東京？」

「会社設立の手続きがあるから、今は、行ったり来たりだけれど……」

「いずれは東京が多くなるのかしら？」

「そうでしょうね」

「宗次郎さん、思い切ったものね。出版社を興すなんて」

「出版社だなんていったって、二、三人ではじめるミニ出版社でしょう。生き残れるのかしら」

「今、出版の仕事って大変なんでしょ」

「そうみたい。本の売れない時代だから」

「元手もかかるのでしょう？」

「宗ちゃんからきいた話だけど、ふつう出版社をはじめようとすると、三億は必要なんだって」

「えっ？　三億……、そんなお金、あるの」

「あるわけないでしょ。資本金は二千万円の会社だっていってた」

「じゃ、資金繰《ぐ》りも大変なんダ」

「本を出しはじめると、そうでしょうね」

「そうでしょうねって、あなた、他人事《ひとごと》みたいにいってるけど、あなたの身にも降りかかることなのよ」

「うーん……」

と芽衣は考えた。

「あまり、そういうことは考えないのよねえ、わたしって」

と考え考えいった。

「考えないといったって……」

「人間が冷たいのかしら、わたし。宗ちゃんのやることは宗ちゃんのこと。わたしはわたしって思ってるから」

「そりゃま、そうだけど……」

「わたし、自分の仕事を持ってるでしょ」

芽衣の服飾《ふくしょく》デザイナーとしての仕事は、著名なデザイナー緑爽子《さわこ》の助手から、自分の名で、ときどきは作品を発表するまで変わってきていた。

緑爽子は、潤子の友人でもある。

「緑先生の配慮《はいりょ》で、半分は家にいてもいいという恵《めぐ》まれた条件のもとにおいてもらっているのだけれど、収入もまあまあだし、自分でも一応、自立している気分ではいるのよね」

「ええ」

「仮に、宗ちゃんの仕事がうまくいかなかったとしても、経済的には、わたしと倫太郎が暮らしていくのに、なにも差しつかえないという思いが、どこかにあって、それで、宗ちゃんの仕事は宗ちゃんと割り切れるのかしら？」

「わたしと倫太郎というところに、宗次郎さんは入らないの？」

「うーん……」

と芽衣は、また考えた。

「夫婦といっても、別々という気があるからなァ」

といいながら、芽衣はまだ考えている。

「そうでしょうけれど、きっぱり割り切って行動できる？」

「それはそのときになってみないとわからないわ。困ったとき、助け合うということはできると思うけれど、それには限界があって、できることはするけれど、それ以上は、無理しないと思う。わたしは。夫の事業の失敗を、妻も共に背負って、どちらもずたずたになるというケースがよくあるでしょう」

「ある、ある」

「わたしは、そんなふうにはならないと思うわ」

「あなたとわたしは少し世代が違うから、その違いが出るのかもしれないけれど……」

芽衣は、少し首を傾げた。

「……気持と行動がいっしょにならないときがある。芽衣さんも知っていることだけど、わたしと哲郎の関係は、もう形だけよね。その哲郎が事件に巻きこまれて、憔悴《しょうすい》しているのを、そばで見ると、捨てておけないような気持になってしまうの」

「でも、それは潤子さんの誠実さだから、それはそれでいいのじゃない？」

「関係のないこととするのが、卑怯《ひきょう》なような気がするのよね」

「…………」

「でも、そういうのって変じゃない？」

「…………？」

「偽善《ぎぜん》ということばがちらつくのよね」

「どうして？」

「相手に対する気持がないのに、その相手に気をつかっている自分がいるっていうのは……。そんな自分がときどき嫌《いや》になるの。芽衣さんのように、自分は自分、相手のことは相手のことと割り切る方が、少なくとも嘘がないじゃない」

「うーん……」

また、芽衣は考えた。

「結局、わたしは自分が可愛《かわい》いのでしょうね」

「…………」

「自分だけ、いい人間になろうとしているのかもしれない」

潤子さん、えらいわと、つぶやくように芽衣はいった。

「えらいって、どこが？」

「潤子さんは自分というものを深いところでとらえて苦しんでいるでしょう。わたしは、その深さがないナ、と思った」

「…………」

こんどは潤子が考える目になった。

「割り切ってものを考えると、自分に負担が少ないでしょう。でも、その分、自分という人間の、深いところへは目がいかないと思う」

「そうかしら」

「潤子さんは自分の行動を、止むに止まれぬ気持というか、理屈通りにいかない気持と照し合わせて考えているでしょ。どういったらいいかナ……、わかる範囲《はんい》で自分をとらえている人は、つまらないと思うわ。割り切ろうとしても割り切れないなにかが、ほんとうにその人を動かしていて、そして、そのなにか、をいつも考えている人が魅力《みりょく》のある人だと思うわ」

わあ、と潤子は叫ぶようにいった。

「あなた、若いのに、よく、そんなふうにものごとが考えられるのね。呆《あき》れた」

そんなこと、いわないで、と芽衣は少しはにかんだ。

「潤子さんは気持を遠くまで他人に届けることのできる人なのよ。思いやりといってしまえばそれまでだけど、他人の気持を自分流に解釈《かいしゃく》しないで、節度っていうのかしら、相手の気持に添《そ》うことで、相手を理解しようとしているのだと思う」

「ほめ過ぎ」

と潤子はいった。

「わたしは、そんな人間じゃないわ」

「ううん、そうよ。潤子さんはそういう人よ」

芽衣は強くいった。

「だから、わたしは潤子さんをお手本にしているの」

まあまあ、と潤子はいった。

「宗ちゃんの転職のことも、宗ちゃんの立場を思って、夫婦は別々という意味のことをいってしまったけれど、ずっと前から、あの人が思い悩んでいたことを、わたしも、わたし流に理解してあげたいという気持があったの」

「ええ、そりゃそうでしょうよ」

「でも、そういう気持は、潤子さんの生き方から、わたしが学んで、それで、生まれてきたものでもあるのよ」

うれしいことをいってくれるわね、と潤子はいった。

「わたしたちの社会は、性差別の社会で、女性には不利だといわれているけれど、もちろん、そんなシステムだって、ちゃんとあるのだけど、公平に見たらば、ほんとにそうなのかな、今の社会は、と思うの」

「どういうことかしら」

「宗ちゃんの悩《なや》みから、それを思ったの。企業《きぎょう》社会になっちゃったから、男性の大部分は会社員よね」

「ええ」

「農業や漁業は、全体から見れば少数だし、今の日本では、職人さんの数も少ないでしょう」

「希少価値だものね」

「そう。自動車や電気製品を作るといったって、すっかり分業化されているし、オートマチックで、ものを作っていても、自分がそれを生産しているという意識がないわけでしょう」

「そうだと思う。単位としての人がいるだけで、人の力で、ものが生産されている実感がないまま社会が形成されて、それを発達、発展なんていうからこわい」

「ええ。わたしもそう思う。企業社会は男のもので、男性優位だといっても、じゃ、企業の要職にいる男性たちは、ほんとうに自分の意見が活《い》かされ、創造的な仕事をしているのかというと、これも疑問でしょう」

「まずダメね。歯車の一部でしょうね。きっと」

「じゃ、企業社会ってなになの。自立していない男の集合体？」

　おもしろい見方だわ、と潤子はいった。

「芽衣さんの見方は、あんがい問題の本質を突《つ》いているかもしれない。定年で、企業から離れた男の大部分は、だらしない生き方しかできないもの。自立していなかったから、そんなふうになるんダ。一人の人間に戻ったとき、どう生きていいかわからない」

「女は少し違うと思うの」

「うん、うん」

潤子は強くあいづちを打った。

「女は、いいも悪いも、いつも自分から出発して、ものごとを考えるでしょう」

「企業のためにとか、国のためにとか、女はまず、いわないわね。そのかわり、夫や子に頼《たよ》り切って、ほんとうにつまんない人間になっちゃってる女性も、いることはいる」

「そりゃ、いるけれど」

芽衣は苦笑いした。

「それがたとえ、小さな場所だったとしても、いつも自分という一人の人間からものごとを考えてきた強味というものが、女性にはあって、それが、いざというときに役立って、男なんかより、はるかに強く生きられる部分があると思うの」

「あるでしょうね。男女の関係でも、最終的には女の方がいさぎよいもの。子どもの問題にしても」

「性差別の社会ではあるけれど、世の中の主人公にしてもらわなかったおかげで、おかげというのはおかしいのかナ、女性は、大義名分に左右されない、ささやかな自立精神を持つことができた、といえない？」

「あなた、いつのまに、どこで、そんなことを勉強してきたの。立派な評論家よ」

潤子は笑いながらいった。

「話が少し飛ぶけれど、服飾デザイナーって、しょせん、消費文化の徒花《あだばな》って見方があるでしょ」

「そうなの？」

「消費の中に文化なんてあるはずがない。ほんとうに美しいものは生産の中にあって、文化は、そこから生まれてきた、という考え方ね」

「なるほど」

「わたしたち、本気で、そんなことを議論するのよ」

「そう。でも、それっていいことじゃない？」

「いいことだと思うの。自分の仕事を否定してしまいかねないことを話し合うことで、自分の仕事の足腰《あしこし》を強くするんだから。そういうときって、すごく充実感《じゅうじつ》を覚えるの」

わかるわ、と潤子はいった。

「でも、それができるというのは、その仕事が独立したものだからで、企業に依存していたらそうはいかないわ」

「わかる。仕事がメジャーになって、仕事そのものに、精彩《せいさい》がなくなるってことが、よくあるものね」

「ええ。だから人間の生き方も、仕事も、自立ということは、とても大事だと思うの」

「そうよね」

「そこで宗ちゃんとのことだけど……」

と芽衣はことばを継《つ》いだ。

「あの人の父、つまり、おじいちゃんは名人といわれたほどの職人でしょう。宗ちゃんにも、その血が流れているのよ」

「倫太郎ちゃんのお父さんだものね」

「職人の道を選ばなかったけれど、どこかに、それが出るのね。釣《つ》りをはじめると毛針を自作して、プロの人が、それをゆずってくれ、といってくるほどのものを作るの」

「へえ、はじめてうかがったけど、そんな趣味《しゅみ》があったの」

「帆船《はんせん》を作ってみたかと思うと、焼き物に凝《こ》ってみたり。倫太郎がまた、じき、それに乗るのよね」

「あなたの家では、親子の断絶なんて起こりっこないわ」

笑いながら潤子はいった。

「ま、遊びのうちは、それでもいいんでしょうけれど、自分の仕事に、われを忘れて打ちこめるものがあるのかどうか考えはじめると、そんな性格の人は悲劇よね」

「そうでしょうね」

「宗ちゃんはふつうのサラリーマンだったわけでしょ。自分は職人に向かないと思って、そういう道を選択《せんたく》したらしいのだけど、どうも違うな、と思いはじめたというのが態度に出てきたの」

「なるほど」

「いっしょに暮らしているんだから、なにか悩んでいれば、じきわかるじゃない」

「絶対、わかる」

妙に力をこめて、潤子はいった。

「ふっと、ため息を吐《つ》いたり、ものを見ていない目をしてみたり……」

「ええ、ええ」

「また、いい女《ひと》ができたの？　と、わたし、いったりして」

「フフフ。古傷にさわるようなことは、いわない、いわない」

と潤子はいった。

「まだ、二、三回はあるんじゃないの？」

芽衣はシビアなことをいう。

「若いのに、よく、そういうことを平然というわよね」

「女は恐《こわ》い？」

「恐い。恐い」

二人は顔を見合わせて笑った。

「考えてみると、宗ちゃんは、倫太郎やわたしに挑発《ちょうはつ》されたようなところがあるみたいなのね。宗ちゃん自身が、そんなことを、ふっと、もらしたわ」

「え、どういうこと？」

「子どもやヨメはんが好きなことをやってんのに、オレはいったいなにやっとんや、って……」

なるほどと、潤子はいった。

「今の場所で、どんなにあがいてみても、しょせん自分は機械の歯車かネジの一部にすぎないって、宗ちゃん自身、思ったのじゃないのかしら。それを口にすると、自分の否定につながるから、いいはしないけど」

「きっと、そうでしょうね」

「それに、宗ちゃんは、おじいちゃんが倫太郎にいいきかせていたことを、そばできいていたわけだから」

「まるで哲学者よね。あの、おじいさまは」

「仕事は、自分を育ててくれたこの世へのお礼だとか、仕事には、人に役に立っているという心棒がなければいけないとか、仕事と、ただの金儲《かねもう》けとは区別しなさいとか、もう、ほんとうにすごいことを、いつも、いっていたわけでしょ」

「そうね」

「宗ちゃんの心のうちにも、おじいちゃんのことばが、倫太郎と同じように、いつも生きて語りかけているとすれば、そりゃ、宗ちゃん、悩んだり、苦しんだりするのは当然だと思うのね」

「ええ」

「ただの金儲けと仕事は区別しなさいといわれたら、今の人のおおかたは、身の置《お》き所がないわよ」

「そうだわね。金儲けということばを、利潤を上げるとか、会社の業績を上げるということばに置き換《か》えたら、あなたのことば通りになってしまう」

「そうでしょ。だけど、おじいちゃんのことばは現実離れした、ただの理想かと問われれば、そんなことは絶対にないとわたしは思うわ」

「ええ」

「自由主義ということばを使ってはいるけれど、資本主義社会なのだから、利潤の追求や業績の向上ということが許されたとしても、人々や社会全体のしあわせを忘れて、そうしたら、もう世の中はめちゃくちゃになってしまう」

「なりかかってる、もう。弱肉強食の世界に」

「そうよね。自然を壊《こわ》して平気な企業や、人の健康を損ねて、知らんぷりを決めこむ企業だってあるんだから」

「ゴロゴロね」

「そう。だから、おじいちゃんのことばは、今の世にこそ活かされなくてはいけないことばだと思うの」

　潤子はうなずく。

「だから、わたし、宗ちゃんの悩みは、変ないい方だけど、正しい悩みだ、と思ったの」

「正しい悩みねえ……」

　と潤子はつぶやいた。

「したいことをしたらいいって、わたし、宗ちゃんにいったの」

「ええ」

「結果はどうなっても、わたしはそれをとやかくいわないつもりって」

「ふつうは、なかなかそうはいえないのよねえ」

「そう？」

「家庭や将来のことを考えて、慎重《しんちょう》に行動してほしいというのがふつうでしょうから」

「でも、潤子さんは、そんなふうにはいわないでしょう？」

「わたしは、そんなことはいわない」

「安心した」

と芽衣はいった。

「倫太郎ちゃんには話をしたの？」

と潤子はたずねた。

「ええ。したことはしたんだけど……」

「けどって？」

「そのことで、宗ちゃんと意見の違いが出たの」

「あら。どういうこと？」

「宗ちゃんはいうのよ。オレがどういう仕事を選ぶかは、オレ自身のことで、それをいちいち子どもに相談することはないって」

「へえ？」

「大人の世界のことを、いちいち子どもに相談して、いい親ぶってる人間にはむしずが走る、っていうの」

「宗次郎さんらしいじゃないの」

「あんがい古いのよ。男の美学なんてことばを、ときどき使ってるから」

「おもしろいね、男って」

「そういうのは、そこそこにしておいてもらわないと、人間が単純に見えてしまうじゃないの」

ハハハ……と潤子は笑った。

「そんなわけで、倫太郎には深刻ぶって相談はしなかったんだけど……」

「倫太郎ちゃんは、どう反応したの？」

「あなたのオヤジが、職業を変えるっていってるよ、といったら……」

「そしたら？」

「やったモンの勝ちイ、食うたモンの勝ちイ……って」

「ハハハ……」

「わかってるのかしら。あの子」

「いい線、いってるじゃない」

「とうさんかあさん東京で、あんた、みなし児《ご》同然になるのよ、と追い討ちをかけたんだけど」

「どういったの？」

潤子は興味をしめした。

「犬はいつも一匹、だなんて」

「ハハハ、まさに男の美学ね」

「宗ちゃんと似てるのね。そういうばかばかしいカッコをつけるところが」

「もう、ぼつぼつ親をうっとうしく感じる年頃《としごろ》だから、あんがい平気なのかもしれなくてよ」

「ええ。わたしもそう思ってるの。ただ、親としての義務を十分に果たせなくなるという負い目みたいなものが、こちらに出てくるじゃないですか」

「ええ、わかる」

「なにか問題が起こったとき、そのことで悩まないかなって思うのよねえ」

「同じ親として、芽衣さんの気持は、よくわかるわ。わたしも、こんどの問題で、かなりくよくよしたから。だけどね、わたし、このごろ、思うようになったの」

「きかせて。きかせて」

「子どもの人生は、まだ、これからだとしても、親の人生は終わったわけじゃないでしょ」

「もちろん。わたしたちは、まだ、これから」

「でしょう。お互い、まだこれからよね。子どもが小さいうちは、子どもの人生は、どうしても親の人生のうちにあるのは仕方ないでしょうけれど、子どもの人生と親の人生は、少しずつ並行して歩むようになって、やがて別々の人生になっていくと思うのよね」

「ええ」

「そうだとすれば、いい悪いは別にして、それぞれの人生を見つめ合いながら、生きていくしかないわね。親の人生は、子どもにとって、いつもお手本だなんていうわけにいかない」

「そうよね」

「時と場合によっては、そっちの人生と、こちらの人生は嚙《か》み合わないこともあるでしょうし、反発しあうこともある。それを子どもの将来のためだとか、親のしあわせのためだとかいって、隠《かく》し立《だ》てしたり、きれいごとを装って、ごまかしたりするのは、少しもお互《たが》いのためになったりなんかしない、と思ったのね」

「はい」

芽衣はうなずく。

「そう思ったら、少し気が軽くなったの。自分たちのせいで、子どもが不快な目にあったり、悩んだりするのは、親として、つらいことだけど、それも人生の試練なんだ、乗り越《こ》えていってちょうだいよ、親をうらんでも、憎んでもいいからって」

潤子さん、えらいな……と芽衣はつぶやいた。

「新聞にも報道されたから、芽衣さんもよくご存知《ぞんじ》だと思うけど、うちの哲郎にかけられた疑惑《ぎわく》は、ワイロとはいかないまでも、不正な金の授受ということね。たとえ県会議員でも、政治家にはよくあることなのよ」

「でも、哲郎さんは潔白なんでしょ?」

「ええ。あの人、ワイロを受けとれるくらいなら、もっと、えらくなってるわよ」

なんともいいようのない芽衣である。

「政治家にはよくあることよ、といったのは政治の世界をなめていったことじゃなくて、政治屋と呼ぶしかないような利権あさりの連中が、この世界にはゴロゴロ掃《は》いて捨てるほどいて、そういう連中のあぶないやりとりは日常茶飯事なのよ。哲郎は、あれでも理想家肌のところがあって、そういう人とは一線を画していたの。力関係というものがあって、哲郎をとりこむか、蹴落《けお》とすか、すれば優位に立つ勢力があって、その連中にハメられた、というところだと思うの」

「確か、視察旅行の際、とかく噂《うわさ》のある業者から餞別《せんべつ》をもらっていたということでしたよね」

「そうそう。もちろん哲郎はなにも知らないのだけど、そのお金、そのお金といってもたったの五十万円なのよ、ばかみたい。ただ、その五十万円という金額がミソで、それを受けとった秘書は、シャネルの時計を買ってきてほしいと頼まれたといっているのに対して、その業者は、相手の立場を考えて、そういう名目をつけただけだといってるのね」

「哲郎さんにすれば災難みたいなものね」

「ま、そうね。そういう場合、政治家は、わたしの不徳のいたすところで……というのね。哲郎も、そういう意味のことをいってるのだけど、冗談《じょうだん》じゃないというの。事実を明らかにして闘《たたか》いなさいって、わたし、哲郎にいったの」

「当然だわ」

「はがゆいの、もう。ワイロなら司法は動くはずなのに、全然、動かない。秘書はいわれた通り、二十八万円でシャネルの時計を買ってきているんですもの」

「事件にならないわけね」

「ええ。事件になんか、とてもならない。わたしがハメられたというのは、このことを新聞社にタレこんだ者がいるということね」

「はじめから計画的だったわけダ」

「そう。わたしにはそうとしか思えない。それと前後するように怪文書《かいぶんしょ》が出回るの」

「それは、今、はじめてきくことだけど、どういうもの？」

芽衣はたずねた。

「大村哲郎には、愛人がいるって」

「まあ」

「これは事実だから、反論のしようがない」

潤子は笑いながらいった。笑い事じゃないと芽衣は思う。

「大村哲郎の妻にも男がいると暴露《ばくろ》すれば、これは大スキャンダルになるのだけど」

潤子は笑っている。豪放《ごうほう》ともいえる性格の彼女なのだが、さすが芽衣は、事の重大さに、息を飲む思いだった。

「慧子《さとこ》さんと満《み》ちゃんのことが心配だけど……」

芽衣は、目を伏せたまま、つぶやくようにいった。

「満は、ほとんど反応を示さない。じっと考えている、というふうだわ」

芽衣は、小さくうなずき、かすかなため息を吐いた。

「慧子は、パパは薄汚《うすぎたな》くなった、そこが嫌だっていうの」

「どういう意味なんでしょう?」

「わたしには、よくわかるの。哲郎は弱いのよ。持って行き場のない怒りを、駄々《だだ》っ子《こ》のように、自分を汚《けが》すことでまぎらわそうとするの」

「…………」

「三日も四日も続けて家を空けたり、昼間からお酒を飲んだり、荒れているという感じがありありして、それを慧子がいうのだと思う」

「でも、それは……。誰だって、人は強いだけでは生きていけないでしょうから」

口ごもるように芽衣はいった。

「弱い部分を見せてもいいから、弱いなりに自分を律してほしい……、慧子はそういっているのでしょうね。わかるの。わたしには。退廃《たいはい》した姿を見せるのは、周りにも自分にも甘《あま》えていることなんだから」

　きびしいナ……と芽衣は思った。

「慧子のために弁護しておくと、あの子の考え方の根本は妥協《だきょう》のないもののようだけど、実際に、弱りめにたたりめの哲郎に接している態度は、決して冷たいものじゃないのよ」

「あ、そうなの」

　芽衣はほっとした。

「……パパ、中途半端《ちゅうとはんぱ》に落ちぶれないで、落ちぶれるなら、さっさと、とことんまで落ちぶれて、あっけらかんとしてる方が、女の人にモテるよ、なんていってる。厳しいけど明るいのよ。

　そういう考え方は、坂口安吾《さかぐちあんご》が『堕落論《だらく》』の中で述べている、なんていって、安吾まで持ち出して、暗がってるのは哲郎の方ね」

　芽衣は仕方なく笑った。

「人は、それぞれ弱いところを持っているものだし、その弱い部分を、本人のせいだけにするのも、正しい人の見方とはいえないとは思っているのよ」

「ええ」

「哲郎自身がいってるの。オレは親に手を振り上げられたことはない。ものを買ってくれとねだって買ってもらえなかったことはないって。きょうだい三人で、たった一人の男の子だから、目に入れても痛くないという調子でかわいがられたのね。オレは、それに甘えて、わがままで自制心の乏《とぼ》しい人間になったって、本人がいうの。口にするくらいだから、自分の中の弱さを自覚していて、それを克服《こくふく》しようと努力はしたと思うわ」

「わたしから見て、哲郎さんはそんな弱い人に見えない。きりりっとして魅力ある人だもの」

あら、そう、ありがとう、と潤子はいった。

「彼の親は親で、また反省しているの。ほんとうによくできた御両親なんだけど、哲郎の教育は失敗だったって、正直におっしゃるのね。手をかけた子は役に立たないと昔からいわれているのに、そのことばの意味を理解していなかったようだ、とわたしにいったことがあるわ」

「過保護をいましめることばが昔からあったのね」

「昔の人は昔の人なりに、そのことばの中にいろいろな意味をこめたのでしょうが、今だって、そのことばから学ぶことはできるわよね。わたしがいつも芽衣さんに感心するのは、こんなに物の氾濫《はんらん》する時代なのに、倫太郎ちゃんを甘やかしていないもの」

芽衣は手を振った。

「わたしはそんな深い考えはないの」

「いえいえ。周りに合わすなんてことを少しもしないのは、すごいことなのよ」

「わたしは自分でダメな親だと思うけど、手をかけた子は役に立たないということばは、わたしにとっては励《はげ》ましだわ。それを自分に都合よく受けとってはいけないけど、手をかけることと、手をかけないことの両方を考えるという意味で大切だと思う」

「子どもを育てることで、親も学ぶのね。子どもの教育って一言でいうけれど、子どもの教育だけが一人歩きしてあるわけじゃないものねえ。哲郎の育った環境、わたしの育った環境、育った環境が同じでも、満と慧子は、違ったキャラクターだし、教育って、思いこみじゃダメなのよね。お互いが支え合ったり、影響しあったりしていることを忘れちゃいけないのよ」

芽衣は思いをこめて、うなずいた。

「だけど哲郎の場合、いちばん大事なことは仕事だと思うの」

「仕事？」

「ええ。自分の仕事に対する認識というか……。倫太郎ちゃんのおじいさまがおっしゃった、仕事には人の役に立っているという心棒がなければいけない、というあれね」

「でも哲郎さんは政治家なんだから、仕事そのものが、みな、人の役に立っていることばかりじゃないの？」

「うわべはね」

芽衣は、潤子の、そのことばをきいて、どきっとした。

以前、フランケンが家出をして、そのことで芽衣ははじめて潤子の家へいった。

その一部始終を、宗次郎と話していたとき、芽衣はいったことがある。

宗教家やボランティアが人の為《ため》にというのはいいけれど、政治家が人の為にというと眉《まゆ》に唾《つば》をつけたくなるわ、と。

慧子の利発さに触《ふ》れて、もし親に、政治家の偽善があり、慧子の親への反発が、そこから出ているとしたら、この家庭の問題は複雑ではないのかと憶測《おくそく》したことがあったのだ。

芽衣は、それを思い起こしたのだった。

「人の役に立つ、というのは簡単にできることでもあるし、とてもとても簡単にはできることではない、というふうにもいえるでしょう？」

「ええ、まあ……」

芽衣は潤子の目を、じっと見た。

「お小遣《こづかい》の一部を、気の毒な人に差し出すというのは、誰にもできる簡単な方に入るかもしれないけど、人間としての欲望を一切捨てて人のために尽《つ》くせ、といわれたら、宗教心のある人は別として、わたしたち凡人には、とてもできることじゃないわ」

「…………」

「つまり簡単にはできることじゃないのじゃなくて、しょせんできないことなのよ」

「…………」

潤子はなにをいおうとしているのだろう。

「しょせんできないことをしようとすると、自分をごまかすか、自分と、とことん向き合うか、その、どちらかしかないと、わたしは思うの」

「どういうことになるのかしら……」

芽衣は、つぶやいた。

「おのれの欲も満たし、その上、人の役にも立つなんてことあると思う？」

「………？」

芽衣には、あるような気もするし、ないような気もする。

「わたしは、それはないと思う。いや、ないと思わないといけないのよ」

潤子はいった。

「両方あると思うから、偽善に陥《おちい》りやすいのだわ」

「でも、それじゃ、人の役に立つということは、ほとんど誰もできない、ということになってしまうけれど……」

「ええ。問題はそこよね。直接、人の役に立つ仕事というのもわりと多いでしょう。公務員とか学校の先生、お医者さんや看護婦さん、あげていけばきりがないほどだし、それに、どんな仕事も、社会や人々の為になっているともいえるわけよね。だから働いている人の誰にも、この問題は降りかかってくると思う」

「そうよね」

「じゃ、みな、聖人でなければいけないのか、ということになる。そうでしょう？」

「ええ」

「自分は欲も汚れもない聖人だなんて誰も思っていないから、自分の仕事が、人の役に立っているかどうかを考えて、人々は苦しんだり悩んだりするというのが、ふつうの良心的な人間といえないかしら」

芽衣はうなずく。

「そういう人が多いか少ないかで、世の中はよくも悪くもなる」

「そうね」

「わたしは思うのね。自分はなになのか、自分は他人に対して、どうなのか、と考えることで、人は少しずつ、欲や利己心を削《そ》ぎ落としていって、やがて他人のよろこびを、自分のよろこびにする境地にたどりつく。今は、みな、その道を歩いている途中だと思いたいの」

「潤子さんは、そんなことを考えていたの」

と芽衣はいった。

「わたしは欲深い人間だから、そうでも考えなければ、とても生きていけない」

そんなふうに考えるから、潤子さんは、魅力、あるのね、と芽衣は、お世辞でなくいった。

「とても、とても」

と潤子は手を振った。

「わたしね。それを哲郎にいったのよ。そっとしておいてあげるのもやさしさかもしれないけど、見詰《みつ》めなくてはならないことは見詰めて、自分をごまかさない、ということも大事でしょ。夫婦仲はダメだけど、人生の友だちであることに、なにも変わりはないのだから」

「知性があるから、それができるのよね。潤子さんが羨《うらや》ましい」

と芽衣はつぶやいた。

「わたし、哲郎にいったのよね。政治や宗教の世界の人は、はじめから自分の仕事は、世の為、人の為という思いこみがあって、その思いこみがその人を甘くしてしまっているんじゃないのって。あなた自身の問題として、それを考えてみてよ、といったの。あなたが一つの困難に直面して、こんなにもろく崩《くず》れていくようすを見ていて、わたしには、その弱さがそんなところからきているように、思えて仕方ないのだけどって」

「夫婦で、そんな会話ができるなんてすごいわ」

「夫婦ねえ？……」

と潤子はいって

「……哲郎もわたしも、ずっと以前から、どんなことでも真面目《まじめ》に話し合う時間だけは持っていて、哲郎も、それを受け入れてくれていたの。議論になって、自分の言い分が通らないと、わりと乱暴なことをいうようなところはときどき、あったけれど」

と、ことばを続けた。

「会話のある夫婦は破綻《はたん》しないっていうけど……」

芽衣はえんりょがちにいった。

「一つの公式ね。人生、公式通りにいかないわ」

と潤子はいって、少し笑った。

「人の役に立つ、って、後ろめたくない？　そういう意識ってなかった？　って哲郎にきいたの」

「こわい」

と芽衣はいった。

「だって誰も自分の中にある偽善と闘わなくちゃ……」

潤子は、芽衣の目をしっかり見ていった。

「哲郎は二世議員でしょ。今はもうなくなってしまったけれど地方の電鉄会社の社長の御《おん》曹司《ぞうし》に生まれて、いい暮らしと、政治をやって人の為に尽くす生活が、そう簡単に両立するとは思えないもの。哲郎の御両親をいい人だといったのは、こちらの方は、たたき上げというか、苦労なさって、いわゆる酸《す》いも甘いも知っている方だから、親子でも、まるっきり人柄《ひとがら》が違うのよ」

「潤子さん、立ち入ったことをたずねてもいい？」

「え、なに？　ええ、どうぞ」

「潤子さんは限水学園のお嬢様《じょうさま》でしょう？」

「三人娘《むすめ》のいちばん上ね」

「哲郎さんと境遇《きょうぐう》が似ていない？」

「生まれた家のこと？」

「ええ」

潤子は少し考えた。

「物質的に不自由のない家に生まれた、という点は似ているけど……」

でも、だいぶ違うわ、と潤子はいった。

「わたしの家は、いわゆるしつけが厳しかったの。古風なの。子どもにぜいたくはさせない。女の子は身を慎《つつし》むこと。妹二人は親に従順だったけど、わたしはそれに猛烈《もうれつ》に反発したわ。親がよろこんだのは、哲郎との結婚《けっこん》だけね。親の予想に反して、じゃじゃ馬娘に育ったわたしは、誰と結婚するのか、ひやひやものだったのじゃないの。家柄のよい哲郎といっしょになって、いちばん、ほっとしたのは親だと思う」

芽衣さん……と、潤子は声をひそめていった。

「ここだけの話だけど、今どき、家柄とか階級なんていったら、差別だとかなんだとかいわれちゃうけど、わたしは、このくにには、まだ絶対それがあると思うわ」

「門閥《もんばつ》っていうこと？」

「ええ」

「皇室とか財閥とかはあるけれど……」

「ああいうものが悪い意味でのお手本になって、少しでも社会的地位やお金があると、それを守るために、家というものを後生《ごしょう》大事にして、そこへ人を閉じこめてしまうようなところがあると思うわ。さっき古風なしつけといったけど、それには、きちんとした人間に育ってほしい願いがこもっているのは否定しないけど、根のところに、家を守るために都合のよい人間をつくる方便として、それがあるんじゃないかしら」

「それに潤子さんが反発した？」

「いや、そこまで考えてそうしたわけじゃないけど……」

「後に、そう思ったということ？」

「そう。芽衣さんには、結婚なんて、好き合ったものどうしが、合意しさえすれば、自由にそれを選択しているという思いがあるでしょ」

「一般的にはそうだけど、差別や偏見《へんけん》のために結婚できないことも、この社会にはあるし……」

「そうね。日本は差別社会だから。その裏返しの現象として、ちょっと下品な言い方だけど安全牌《パイ》どうしをくっつけるというのがあるのよ。なんだかんだいいながら、結局は、つり合いというか、社会的地位や財力の等しい者どうしの結婚になってる」

「へえ、そんなものなの」

それは芽衣には、ちょっとした驚《おどろ》きだった。

「そりゃ結婚だから例外はいっぱいあるわよ。哲郎とわたしの場合は、学生のときの恋愛《れんあい》がきっかけだったから、たまたま偶然《ぐうぜん》にすぎなかったのだけど、哲郎やわたしの実家程度の息子《むすこ》や娘の結婚を見ていると、そういうことをいっても、まんざら、的はずれじゃないのね」

「そういうものなのかあ……。わたしって世間知らずのところがあるのね」

　と芽衣はいった。

「今の社会、みんな、勝手気ままに生きているように見えて、それは、お釈迦《しゃか》さまの掌の上で孫悟空《そんごくう》が暴れているようなものなのよ。自分の意志で道を切りひらいていく自立心なんかじゃなくて、既成《きせい》社会の枠内《わくない》の行動を、自由だとか、自分の力だとか思いこんでいるだけだと思うわ。今ある社会をそのままにしておいて、自由なんてあるわけないじゃない。過激かしら。わたしって」

「十分に……」

　と芽衣はいって、二人は笑った。

「ごめんなさい。わたしが途中で口をはさんだものだから、哲郎さんの話が横道にそれたのだけど……」

「そうだったわね。哲郎にもう一つ、いったのは、政治家って自分に絶望することがあるの、という問いだったの。絶望をくぐらないところに、ほんとうのやさしさはないといった人がいるんだけど、自分は人の為に仕事をしているんだと思いこんでいると、自分と向き合うことを忘れるでしょう。自分不在の仕事って、そんな仕事っていったいあるの？」

「………」

　潤子にそう問われている哲郎を、芽衣は想像した。厳しいとは思うけれど、人間どうしがそんなふうに向き合えることを羨ましく感じた。

男女だから、それがいっそう厳粛《げんしゅく》に感じられた。

「仕事というものを、倫太郎ちゃんのおじいさまのようにとらえていたら、仕事そのものが、その人を育てるというか、その人を変えていくでしょう」

芽衣はうなずいた。

「仕事を厳しくとらえると、とうぜん、自分との相剋《そうこく》があるわけだから。それが、その人を鍛《きた》えると思うの」

「ええ」

「だから形の上では仕事をしていても、その仕事をしている人が変わらなければ、つまりは仕事をしていないのに等しいのよ」

と潤子はいった。

芽衣は、それは自分のことだ、自分のことをいわれていると思った。

それを潤子は素早く察した。

「他人のことじゃなくて、自分のことよね。わたしも隈水学園の運営にかかわっているので、自分の仕事というものを、もう一度、見直してみたいの」

芽衣は恐《おそ》る恐るたずねた。

「そういう話をして、哲郎さんはどうおっしゃったの」

「一言も、なにもいわなかった」

そうか、と芽衣は思った。

なにもいわなかったという哲郎の重さを、芽衣は考えてみた。

家庭は、子どもたちにとっても、ときには、小さな戦場のようなものとなる。倫太郎やフランケンの家の予期せぬ揺《ゆ》れが、彼らに心理的に動揺《どうよう》をもたらしたであろうことは、容易に察しがつくが、日ごろの行動にまでそれが表れるということは、今のところ、まだ、ないようであった。

日常のようすが変わりはじめたのはタケやんの方だった。

これまで、倫太郎、フランケン、タケやん、青ポンはいつも金魚のウンコのようにくっついて共に行動していたが、タケやんがときどきそこから抜《ぬ》けるようになった。

なにか他のことをはじめたとか、然《しか》るべき理由があってそうするというのではなく、ふと気がつくと、タケやんはそこにいないという感じで姿を消している。

はじめのうち倫太郎たちに、それがどうだとかこうだとかいう認識も意識もなかった。

「あれ。タケやん、また、おらへん。あいつ、どこで、なにやっとんや」

と三人のうちの誰《だれ》かがいっても
「ほやなァ」

というくらいで、別に気にも留《と》めていなかった。

タケやんのことで、妙な話をきいたのは、あんちゃんの子どもの本の店『いえでぼうや』である。

月のはじめ、土曜日の昼過ぎから、あんちゃんは、峰倉さんや、あんちゃんの応援団《おうえんだん》、若井さん、野村さん、鵜川さんらと、子どもの本の勉強会をはじめる。

倫太郎たちも、ときどき、そこへ顔を出した。本の合評をしているときは、勝手に本棚《ほんだな》から本を持ち出して、てんでんばらばらの格好で、本を読み時間を過ごす。

フランケンは、じっと大人たちの話をきいていることが多い。

前後、雑談の時間は、子どもたちも加わるのである。

峰倉さんをはじめ、あんちゃんの応援団は、倫太郎たちを子ども扱《あつか》いするということがない。

それが子どもたちに心地《ここち》好《よ》いものを感じさせ、人と話をすることの楽しさ、おもしろさを堪能《たんのう》させるのであった。

テレビにしがみつく時間が少ない分、倫太郎たちはしあわせといえた。

あんちゃんの店は、はじめのうちこそ、新聞に紹介《しょうかい》されたり、また物めずらしさで、そこそこの売り上げを記録したのだが、それが一段落つくと、厳しい現実が待っていて、これからどうするかという心配がどっと押し寄せてくるのである。

勉強会の後の雑談も、ついついその方に話がいく。

『いえでぼうや』の応援団も、一ヵ月や二ヵ月くらいで店をつぶしては、面目丸つぶれなので、その話には真剣《しんけん》にならざるを得ない。

「子どもの本の専門店というのはめずらしいから、ちょくちょく新聞社が取材にくるやろ。オレは、その都度《つど》、自分の生まれ育った土地の子にいい本を、本の読めるよい環境を……というスローガンを吹聴《ふいちょう》してたんや。ぼくのやってることは文化創造なんです、なんて、ええカッコいうとったんやけどなァ……」

「なァ……ってなんや」

フランケンが口をはさんだ。

峰倉さんが

「そうそう。それでいいやないの。その通りじゃないの？」

と後押しした。

「毎日が、その理想と、ほど遠い」

あんちゃんはげんなりしたようにいった。

「たいていのお客さんは、ふつうの本屋と思って入ってくる。日本人は、なんて週刊誌が好きな国民なんやろ。あまり週刊誌の注文が多いので、面白半分に半日、記録をとってみたら、ふつうの本屋と思って店にきた客九名のうち、六名が週刊誌で、他の三名も書籍を買いにきたんやなくて雑誌やった。がっくりくるワ」

それはがっくりくることだろう。週刊誌が置いてあれば、九冊分の売り上げがあったことになるのだから。

あんちゃんは、お客さんにがっくりし、逃《に》げていった売り上げに、がっくりし、ダブルの衝撃《しょうげき》を受けたわけだ。

「文房具を求めにくる客もいるし、きのうは祝儀袋を置いてまへんか、いうてきたお客もいた。ここは文房具屋さんやないちゅうの」

あんちゃんはぼやいた。

「どこが文化創造や……」

「けど、そんな、お客さんばっかりじゃないでしょ?」

峰倉さんはたずねた。

あんちゃんは声を潜《ひそ》めていった。

「これは、ここだけの話やけど……」

みな、耳を、あんちゃんの方に寄せた。

「……オレ、あんまり子どもの悪口をいいたくないからな……」

子どもたちは、なんとなく顔を見合わせた。

(なんかオレらに文句あるのかいナ)

という顔つきだ。

「このごろのガキって、あんまり本を読む習慣がないやろ」

どうやら、オレたちのことをいっているのではないらしいとわかって、子どもたちはほっとしたような顔をした。

「立ち読みしても叱《しか》られないという店もめずらしいのやろけど、泥《どろ》だらけの手で絵本や新刊書を手にとって、読むならまだしも、パラパラとページを繰《く》るだけで、また、新品の本を手にとりよるのやで。オレの気持を察してくれ。もう気ィが狂《くる》いそうになるぞォ」

うん、うんと子どもたちはうなずいた。本に手垢《てあか》を付けられては、もう、売り物にはならない。

あんちゃんの店を手伝っていて、子どもたちにも、そういうことはよくわかるのである。

「なんで怒《おこ》らへんのォ」

青ポンがのんびりたずねた。

「そいつらも、やがてお客さんになるかわからへんやないか。お客さまは神様や。子どもさまは神様や」

倫太郎たちはクスクス笑った。

若井さんや鵜川さんは
「むずかしいとこやなあ……」

といい、峰倉さんは
「そこがあんちゃんのええとこやないの」

といった。

野村さんだけは、学校の先生らしく毅然《きぜん》として
「そういうことは、きちんと注意しなくてはダメ」

といった。

あんちゃんの態度、若井さんや鵜川さんのどっちつかずのつぶやき、峰倉さんの思い、野村さんのはっきりした考え、どれもが子どもたちは、もっともだと思う。

あんちゃんや、あんちゃんの応援団のよいところは、少なくとも学校の先生と違うところは、じゃ、そのうちの、どれか一つにしようと、いい出さないところである。

そういうところが、子どもたちは好きなのである。

「この本屋は、ほんま、不思議な本屋や。売り上げは少ないのに、小さいお客さまはいっぱいというこの奇妙奇天烈《きてれつ》さ」

あんちゃんは自嘲《じちよう》気味にいった。

「あそこの本屋は立ち読みしてもおこられへんし、ときどき本を読んでくれたり、キャッチボールまでしてくれるという噂が、噂いうて、ほんまのことやけど、広がって連日、大《だい》盛況《せいきよう》。が、やたら本を買わない子が増えてくる」

笑っては悪いと思いながら、あんちゃんのしゃべり方自体も、なにか、おかしいので、みな、ククク……と笑った。

「笑いごとやない」

といいながら、あんちゃんまで笑い出す始末だった。

「『おともだちカード』を知ってるやろ」

子どもたちはうなずく。

あんちゃんの店では本を売り放しにしない。一冊でも本を買ってくれると、「おともだちカード」というのを発行して、名前、住所、生年月日を、そこへ記入する。

それは買った本の記録にもなる。

その子の誕生日に、ささやかなプレゼントをするという、なかなかユニークなアイデアだった。

「あれを、本の貸し出し券と間違《まちが》えよるねん。オレはちゃんとあやまって説明したんやで。〝ごめんね、ここは本屋さんで、お金を出して本を買ってもらうところなんだ〟って。〝なーんダ。本、貸してくれないの〟といって、その女の子はちっちゃな自転車に乗っていってしもた。オレ、複雑な気持やった。このときばかりは、峰倉さんの仕事を羨ましいと思ったワ」

峰倉さんは図書館勤務だから、別の苦労はあっても、あんちゃんのような辛酸《しんさん》をなめているわけではない。

「それはつらいけど、そこは割り切ろうね」

と峰倉さんは、あんちゃんを励ますようにいった。

「うん。ま、そんなことはあるけど、この店やっててよかったと思うことも、たくさんある」

「そっちの方の話もして」

と野村さんはいった。

「自分の家で、家庭文庫を始めたおじいさんがいるねん」

みな、いちように
「え?」

と叫ぶようにいった。

「おじいさん?」

「うん。おじいさん」

ふつう、家庭文庫を開くのは主婦である。

「『おじいさんの古時計』という歌があったけど、おじいさんの家庭文庫って、おもしろいやないの」

峰倉さんはいった。

「おじいさんがどうして、家庭文庫を開くのかと誰でも思うやろ」

「思う」

倫太郎が大きな声を出していった。そういう好奇心は倫太郎はつよい。興味津々《しんしん》という顔をしている。

「おじいさんの孫娘は本好きだったんやて。一年生だったそうやけど、学校には、ほとんどいけなくて、家で本ばかり読んでいたそうや」

「病気?」

フランケンがたずねた。

「カンええな、おまえ。そうや」

フランケンはうなずいた。

「血液のガンといわれている白血病という病気で、体の抵抗力《ていこう》が弱くなり、外へ出たり、学校へいくのが困難になるんや。脊髄《せきずい》に注射を打ったり、放射線治療《ちりよう》で髪《かみ》の毛が抜けたり、つらい病気や」

青ポンがいった。

「おじいちゃん、今、そういう子を一人、看《み》ている」

青ポンのじいちゃんは、医者のくせに、酒の飲み過ぎで肝臓《かんぞう》を悪くして入院していたが、今は少し良くなって、ふだんの生活に戻っていた。

「その子、本が楽しみやったんや」

フランケンがいい、あんちゃんは、うん、といった。みんな、少し、しんみりした。

「その子は、本がタカラモンなんやなあ」

青ポンはしみじみいった。

「うん」

「うん」

子どもたちは神妙にうなずいた。

「看病のかいもなく、その子、亡くなってしもうた。おじいさん、いうとったな。自分が苦しいのに、最後まで周りの者に気をつかって、自分の孫やが、誰よりも、ワシ、尊敬しとりますって」

あんちゃんは少し目を、しょぼしょぼさせていった。

「おじいさんは、それから毎月、孫娘の命日に、お墓に花を供えるかわりに、その子の行ってた学校に、子どもの本を三冊、寄贈《きぞう》するようになったそうや。オレ、その話をきいたとき、さっき、豊がその子にとって本はタカラモノや、というたけど、オレは子どもの本というタカラモノを人に届ける仕事をしてんのや、と思って胸が、なんだか、きゅっとなった」

みな、あんちゃんの気持がわかるのだった。「学校でも、その子の名前をとって、ハルカ文庫というのをつくったらしい。そのうち、おじいさんは家庭文庫というものがあるのを知って、そのハルカちゃんの部屋を、もう一つのハルカ文庫にしたというわけや。もともとは、ハルカちゃんを偲《しの》んではじめたことやけど、今は、大勢のハルカちゃんが、そこへきて本を読んでる」

と、あんちゃんはいった。

「ほやなあ。おじいさんは余所《よそ》の子ォがきて、本読んでても、ハルカちゃんが本読んでるワいうて、目、細そうして、いつもいつも、ニコニコしてんねん」

うっとりと青ポンはいった。

「そや。そんなことが想像できるおまえもええ奴《やつ》や」

と、あんちゃんはいった。

「このおじいさんは、奈良県の交通の不便な所から、三時間も電車を乗り継《つ》いで、わざわざオレの店まできてくれた。こういうのはうれしいでェ」

それはそうだろう。世間の理解のほとんどない仕事だと心細く思っていたところへ、心強い味方が現れたという気持がしたのに違いない。

「子どもの本もよく読んでいて、この店は、よい本がずいぶんたくさんそろえてありますねえ、なんていうんやから」

「ほんとに認めてもらえたのやワ」

子どもの本に関してはお師匠《ししょう》格の峰倉さんもうれしそうだった。

「一般の本屋にいっても、子どもの本の棚はだんだん少なくなって、出版社や本屋が儲け主義だけになってしまうのはさびしい限りです、というんや。すごい人や。オレらにとっては、ものすごい励みになるやろ」

「なる、なる」

若井さんも鵜川さんも口をそろえていった。

「世の中、捨てたものやないねえ」

と野村さんもいった。

倫太郎は、あんちゃんの話をじっときいていた。

その、あんちゃんの店へ本を買いにきたおじいさんと、倫太郎のじいちゃんが重なった。

なぜか倫太郎は、じいちゃんのことばを思い起こしていた。

――仕事というもんは、これまで、いろいろなことを学ばせてもらったお礼であるから、いつも人の役に立っているという心棒がなかったら、その仕事は仕事とはいわん。ただの金儲けと仕事とは区別せんといかん。

おじいさんの孫娘ハルカちゃんは、おじいさんより先に死んでしまった。でも、倫太郎には、今も、そのハルカちゃんが生きているような気がした。それは、倫太郎を残して逝《い》ってしまったじいちゃんなのに、そうは感じられず、いつも、じいちゃんと自分が話をしている感覚とよく似ていた。

――じいちゃんがお寺を建てたとする。それがいい仕事だと、お寺にお参りに来る人は、その普請《ふしん》を見て、結構なものを見せていただいて心が安らぎます、とお礼をいう。仕事は深ければ深いほど、いい仕事であればあるほど、人の心に満足と豊かさを与える。人を愛するのと同じことじゃ。ひとりの人間が愛する相手は限りがあるが、仕事を通して人を愛すると、その愛は無限に広がる。

倫太郎は思った。ハルカちゃんを心から愛したおじいさんは、その愛を、本を通して、多くの人に広げたんダ。じいちゃんのいっていたことは、人々の、いろいろな生き方に応用できるんダ、と。

「まだ、エエ話、あるゥ？」

キッロウがいった。いい話は、いくらでもききたい。子どもたちは、そんな気持なのである。

「本を読んでくれるのはうれしいけど、買って読んでくれたら、もっと、うれしい」

あんちゃんは正直なことをいった。

「いつも店の隅《すみ》っこで『はだしのゲン』を読んでいるケンちゃんな……」

「ああ」

と子どもたちはうなずく。

ケンジは三年生だ。

『いえでぼうや』の常連だが、まだ一冊も本を買ったことがない。

タケやんが、「タダ見」のケン、と呼ぶが、いっこうに動じない。

「たまには本、買《こ》うたれ。あんちゃんが飢《う》え死にするぞ」

誰かがいったが、やっぱり

「うん」

で終わりだった。

「堂々としているところが、ええやないか」

あんちゃんは一応、鷹揚《おうよう》なところを見せている。

「あいつが本、買《こ》うたン?」

カズミチがたずねた。

「うん。はじめて本を買《こ》うてくれた。うれしかったな。なに買ったと思う?」

フランケンがすかさず声を飛ばした。

「『はだしのゲン』」

「当りィ」

と、あんちゃんはいった。

フランケンは幼いとき、昆虫図鑑《こんちゆうずかん》が愛読書だった。フランケンにはケンジの気持がわかるらしかった。

「よほど『はだしのゲン』が気に入ったんやねえ」

峰倉さんは感心したようにいった。

同じ本をくり返し読むことを、大人は不思議がる。子どもは、気に入ったおもしろい本は何度も読むのがふつうなのだ。

「すごいマンガ作品はいっぱいあるのに、マンガを読むくらいなら勉強しなさいというアホな親が多いやろ……」

あんちゃんは手塚治虫《てづかおさむ》の大ファンである。

「……ケンちゃんは、本は買ってくれなかったけど、ケンちゃんのマンガを読んでいる姿を見て、こんなに子どもの心を動かすマンガを、もっともっと探してきて店に置かなあかんなと、オレ、いつも思ってたから、本を買わないケンちゃんも、オレには大事なお客さまだったわけや」

子どもをそんなふうに見るあんちゃんもえらい。

黙《だま》ってはいたが、ケンジに『はだしのゲン』の一巻を貸してやったのは、倫太郎だったのである。

「本の売り上げは今一つかもしれないけど、そんな話をきかされると、精神的にはずいぶん充実しているように思うけど」

と峰倉さんは、あんちゃんにいった。

「うん。しんどいことは山ほどあっても、気持は、はずんでいるときの方が多いから、オレ、しあわせかもしれん」

あんちゃんがいう、しんどいこととというのを、子どもたちも、いくつかは知っている。

ふつうの本屋は、じっと座っていても新刊の配本、配達がある。もっとも整理、返本、伝票書きという激務があるから、じっと座っているわけにはいかないが。

あんちゃんの場合、元手も限られているし、なにより自分で読んで確かめ、よいと思う本しか仕入れないから、取次店《とりつぎてん》にいって、一冊一冊棚から引き抜く作業が余分に加わる。それはたいへんに疲《つか》れる仕事なのである。時間も食う。

あんちゃんがオンボロのフォルクスワーゲンを駆《か》って出かけていき、助手席にまで本をいっぱいにして戻《もど》ってくるのを倫太郎たちは何度も見ている。往復三時間の道のりなのである。

それを運び、本棚に並べる。子どもたちも手伝うときがある。

そうするからこそ、あんちゃんの苦労もわかるのだ。

そんなに働いても、ふつうのサラリーマンの半分の収入もない現実を、あんちゃんはよく

「この世の中、どないなっとんや」

というグチっぽいことばで表現する。

この世の中、つまり自分たちの住む社会は、どないなっとんや、という不合理のうちにあるということを、あんちゃんの生活を通して、子どもたちは肌《はだ》で感じはじめていたのである。

「『はらぺこあおむし』の絵本を買ってくれた近所の人が、あおむしを二十数匹も持ってきてくれたことがあんねんけど……」

ああ、あのとき……と子どもたちは声を上げた。

「な、みんな。あのときは大騒《おおさわ》ぎしたな」

「うん」

「うん」

子どもたちはうなずいた。

「昆虫図鑑を引っぱり出してきて、どんな蝶《ちょう》になるねんって、調べたんやけど……」

「そや、そや」

といった子どもたちは、なぜか、みなクク……と笑ったのだった。

「どうしたの。なにかあったの？」

と峰倉さんはたずねた。

「あおむしは、次、なにになりますか」

倫太郎は、すまし顔でいった。

「蝶になるんでしょ？」

峰倉さんは、真面目に答えた。

「そうですね。蝶になりますね。カエルにはなりません」

みな、ゲラゲラ笑った。

「と、みんな思っておったんですが……」

「違うの？」

峰倉さんの目が丸くなった。

「はい。なにになりましたか。フランケン君。答えてみましょう」

倫太郎は久し振りに、フランケンことミツルをあだなで呼んだ。

以前、二人は掛け合い漫才《まんざい》みたいなおふざけを教室でやっては、みなを笑わせていた。

さすが高学年になって、あまり、それはやらなくなっていた。

子どもらは、期待して、いっせいに拍手をした。

「はい、はい。お答えします。あおむしは考えました。わたし、なにになろうかしら。わたしって、なにになればいいのかしら……」

みんな笑って、また拍手。

峰倉さんや野村さんも拍手。若井さんと鵜川さんは大よろこびだ。

「フランケン君。さて、あおむしの運命は？」

「運命、宿命、トンビの子。あおむし、青菜で、真《ま》っ青《さお》だ」

「はい、はい」

口から、出まかせの掛け合いは少しも衰《おとろ》えていないのであった。

「わたしは人間は嫌《きら》い。意地悪だから。フランケン君だけは別よ。あの子はいい子、とってもいい子」

自分の都合のいいことだけいうな、と、みなは床《ゆか》をどんどん鳴らして抗議した。

倫太郎は、すかさず返した。

「あの子はいい子、とってもいい子。あーら。いい子もいい子、どうでもいい子」

わあーと、みな大よろこびである。

フランケンは、それを受けて続けた。

「どうでもいい子はいいました。あおむしはどうでもいいのでしょうか。わたしもしあわせになりたい。しあわせって、なに？」

「しあわせって、これよ」

倫太郎は、両手を前に出し、親指だけ内に折って、四つの指どうしを合わせた。

「四、合わせ、ね」

と倫太郎は、首を横にした。

「四、四は十六。十六はうちの姉ちゃん……」

二人はとどまるところがない。

「よく、頭が回るなァ」

若井さんらは感心している。

「あおむしはいいました。わたしは誰から生まれたのでしょう。わたしの親は誰？」

「わたしの親は誰？」

「あんちゃんというアホな人間がおりました」

「はい、はい。あんちゃんというオッチョコチョイな人間がおりました」

あんちゃんは苦笑いしている。

「あおむしだって、しあわせになるケンリがある。みんなで大事に飼って、りっぱな蝶にしてあげましょう」

倫太郎は声を張り上げていった。

「よけいなお世話ダ！……」

こんどは声を潜《ひそ》めていった。

「……といいたかったんやけど、心のやさしいあおむしは、そんなことはいいません。心の中ではいいました。世の中にはおせっかいな奴がいる」

　フランケンが受けた。

「世の中にはおせっかいな奴がいるもんじゃ。わたしの親は誰？　って、わたしがゆうてるのに、わたしの親をかってに決めるな。こりゃあ」

　子どもたちは大よろこびで、床をどんどん鳴らした。

　あんちゃんは頭を抱《かか》えてしまった。

　峰倉さんにも、おいおい事情がわかってきた。

「こりゃあ、おりゃあ。わたしの親をかってに決めるな」

「アホなあんちゃんに騙《だま》された心やさしい少年たちは……」

　あんちゃんはようやく頭を上げた。

「誰が、心やさしい少年じゃ」

　怒鳴《どな》ったが、迫力《はくりょく》はなかった。

「……心やさしい少年たちは、心やさしいあおむしに、せっせと青い葉っぱをあげました。心やさしい少年に育てられた心やさしいあおむしは……、はてさて、よいしょ」

　倫太郎が受けた。

「サナギから孵《かえ》ったあおむしは、勇ましくいいました。わたしは、もう、あおむしじゃない。どうじゃ。よーくわたしを見ろ。わたしはりっぱな蛾《が》である。こりゃあ、誰じゃ。カというたんは。わがはいはりっぱな蛾である」

「こりゃあ。アホなあんちゃん、よくきけ。よく見ろ。わがはいは、ふにゃふにゃした蝶なんかではない。ペンキ塗りたてみたいな蝶ではない。どっしり鱗粉《りんぷん》つけたりっぱな蛾なんじゃ、わしは」

倫太郎とフランケンは声を合わせていった。

「とさ」

「とさ」

ぴったり息が合っているのである。みな、手をたたいて、あんちゃんだけ萎《しお》れた。大笑いだった。

無理からぬ話だが、あおむしは、あおむしと呼ぶのにふさわしく、全身、緑で、よく見ると、幾筋かの模様のようなものがついてはいた。

それが蝶と蛾とを分けるポイントだったかもしれない。が、そのときは誰も気に留めていなかった。物識《ものし》りのフランケンも、それがなになのかわからなかったのだ。

倫太郎とフランケンは、すっかり、あんちゃんをコケにしてしまったが、そのときは、全員、蝶だとばかり思いこんでいて、誰一人、蛾かもしれないと考えた者などいなかったのである。

あんちゃんこそ、いい面の皮である。

段ボール箱に穴をあけて、そこで飼っていたのだが、蝶?が蛾に化けたとき、みんな腹を抱えて大笑いした。

そのとき、フランケンは味なことをいった。

「なんでオレら、笑《わ》ろてんねんやろ」

「え?」

「蝶やと思うてたら蛾やった。別におかしくないのになあ」

フランケンの繊細《せんさい》なところが出た。

「そないいうたら、そやなァ……」

と倫太郎もいった。

「思いこみが引っ繰《く》り返ったから、それで、おかしいんやろ」

あんちゃんがいった。

「そうかなあ?」

そこで子どもたちは哲学をした。

「蝶と蛾とは、違い過ぎる。それで笑うんと違うか」

「あ、そうか。ほな、逆さ考えてみたら、どうやねん」

「蛾や思うて育てたら、蝶やった。そういうこと?」

「うん。そう。ほな、笑うか」

「わっ、というて、びっくりするけど笑うかな?」

「笑わへんな」

「あ、そうかあ」

子どもたちは考えた。

「それやったら蛾はかわいそうやな」

「うん」

「うん」

「かわいそうや」

子どもたちは判官《ほうがん》びいきなのである。

倫太郎とフランケンの掛け合いのおしまいの方で、蝶には、ふにゃふにゃしたとか、ペンキ塗《ぬ》りたてみたいなとか、あまり、よろしくない形容をつけたのは、子どもたちのそんな考えがあったからである。

みな、大笑いしたり、わいわい騒いだりしていると、ふと感じたというふうに、

「誰か足りないと思っていたら、武美ちゃんがいないわね」

と峰倉さんがいった。

それで、みな、タケやんがいないことに気がついた。

「どうしたの。風邪《かぜ》でも引いたの」

倫太郎たちは首を振《ふ》った。

「いつもいっしょだから、誰か抜けていると、なんか変に感じるわ。どうしたの、武美ちゃん？」

倫太郎たちも

「どうしたのかなァ、タケミの奴ゥ」

といった。

あんちゃんが
「このごろ、武美はときどき姿を見せへんで。なんかあったんか」

と倫太郎にきいた。

あんちゃんは気がついていたようだ。

「別に、なんもあらへん」

と倫太郎はいった。

「おまえらは、けんかしても、じき仲良くなるよってなァ……」

あんちゃんは首を傾《かし》げながらいった。

倫太郎たちも、ときによってはけんかだってする。

しかし、それを根に持って、いつまでも反目しあうということが、倫太郎たちの周りではない。

それはめずらしいことだった。

以前、あんちゃんが保育園に勤めていたとき、子どもは純真だから……といった若い保母と、口争いになったことがあった。

「子どものどこが純真やねん」

「子どもは、大人のように汚れていないわ」

「おまえ、本気でそんなことを思うてるのか」

「そうじゃなかったら保育園に勤めることなんかできません」

若い保母はむきになった。

「あああー」

と、あんちゃんはいった。

「おまえにいうといたるけどな、子どもがいちばん世間の垢《あか》も、大人の嫌《いや》な部分も、さっさと身につけよるねん。残酷《ざんこく》で、嘘《うそ》つきで、……」

若い保母は、目にいっぱい涙《なみだ》をためてあんちゃんに抗議した。

「自分といっしょにせんといてください。子どもを信じない人が、保育園で働くなんて、許せない」

「おまえが親になったら、子どもは不幸や。なるべく遅《おそ》う結婚せえよ」

と、あんちゃんは差別的なことをいった。

あんちゃんは若い保母を挑発し過ぎたきらいはあるが、子どもはときには残酷であったり、嘘つきであったりもするから、あんちゃんの言い草を、まるで的はずれというわけにもいかない。

さまざまなキャラクターの集合体が、倫太郎たちの仲間だといえるが、一人の子を執拗《しつよう》にいじめるとか仲間はずれにするとかいうことが、これまでなかったのは、倫太郎やフランケンのリーダーシップによるところが大きかったことと、仲間のたいていの子が少林寺《しょうりんじ》拳法《けんぽう》の思想を学んでいたからだと思われる。

かつての、じいちゃんとの問答が、今も、倫太郎の中に生きている。

――人に好き嫌いがあるのは仕方ないが、出合ったものは、それが人でも、ものでも、かけがえのない大事なものじゃ。おまえがさっき、はじめは、ないといっておった草の実をよく見ると、ひげがあった。出合いを大切にすると、見えなかったものが見えてきた。

倫太郎が何度も反芻《はんすう》するじいちゃんのことばがある。

――好き嫌いが激しいと、これは嫌い、これも嫌いとせっかくの出合いを遠ざけてしまうから、見えるものまで見えなくしてしまう。

倫太郎に友だちが多いことに触れて、じいちゃんはいった。

――神様がおまえのために祈ってくださったおかげがひとつ、そうしてできた出合いを倫太郎が大事にしたことがひとつ、相手もまた倫太郎を気にかけてくれたことがひとつ、そんなひとつひとつが重なって、今の倫太郎がある。

それらの、じいちゃんのことばが、いったん友だちになってしまえば、それは、親きょうだいと同じように、とり替《か》えることのできない、かけがえのないものだという思いとなり、今は、それが倫太郎の感覚になってしまっていた。

ときには、けんかもするけれど、それはそれ、また元通り、いつもと同じように、いっしょに行動しているというのが当り前のことになってしまっている。

あんちゃんの教育もあっただろう。

強い者にカッコよさを見る子どもたちの気持を、うまく利用したようなふしがある。強い者は弱い者をいじめたりはしない。ほんとうに強い者は、弱い者にやさしさをしめして、はじめてその資格を持つ。

あんちゃんは、そんな理屈で、子どもを引っぱったりはしなかったが、折に触れ、そうあるように仕向けていた。

倫太郎たちの仲間の仲の良さは、自然発生的なものではなく、広義の教育によるものと思われる。

倫太郎たちを金魚のウンコという者もいる。いつも列《つら》なって行動しているからである。

その金魚のウンコのひとつが、列から離れた。そうなのだろうか。

タケやんが、そうするのは、ときどきのことだ。

その場で、タケやんのことが話題になっていなければ、倫太郎たちは、そのことを別にどうとも思わなかったに違いない。

若井勤平さんが意外なことをいい出した。

「タケやん、新開地の高架《こうか》の下を、女の子といっしょに歩いとったでぇ」

みな、小さな声で、えっ、といった。タケやんに妹などいない。

タケやんは独りっ子だ。

「どういうことなの？　あんな繁華街《はんかがい》を独り歩いてるだけでも問題やのに……」

と峰倉さんはいった。

「女の子って、どのくらいの子ォ?」

と青ポンがたずねた。

「四歳くらいかな」

みな、首を傾げた。

タケやんに、そんな友だちのいる心当りは誰にもないのであった。

「タケやんにコイビト、できたんかなあ」

青ポンがいった。

「おまえ、あほか」

と倫太郎はいった。

「ま、タケミにきいたらわかることや」

あっさり倫太郎はいって、その話は、それでおしまいになったのだ。その場では……。

その帰り道、それぞれ別れていって、倫太郎とフランケンの二人になったとき、倫太郎はいった。

「おまえ、あした、なんか用あンのかァ?」

「あるいうたらあるし、ないいうたらない。なんや?」

「あした、少年野球ないやろ」

「うん」

「タケミの家へいってみる?」

「………」

「放っといてやった方がええかナ」

倫太郎なりに、あれこれ考えていたのだろう。

「そやなあ……」

とフランケンも考え考えいった。

「倫ちゃんが気になるんやったら、オレ、つき合うワ」

「うん……」

こんどは倫太郎が考えている。

「あいつの家、おもろいけど、なんか、ようわからんとこあるやろ」

「そやなァ……」

とフランケンはうなずいた。

倫太郎たちが、ウエハラさんウエハラさんと呼んで慕《した》っているタケやんのオヤジは、少年野球の監督《かんとく》で、スポーツ万能という、いかにも、少年らが好むキャラクターである。

ユーモアのセンスもあるし、なにより子どもを子ども扱いしない態度が、倫太郎たちの信頼《しんらい》を、かち得ているのだ。

ウエハラさん語録を、二、三紹介すると、ウエハラさんの人柄がよくわかる。

――先生という漢字は、先に生まれると書くけど、先に生まれた知恵だけでものをいうとったら、倫ちゃんらのやんちゃの知恵には、追いついていかんわな。ワシは、それ、わかるで。

倫太郎らの価値を、ちゃんと認めてくれているのである。

――魚には旬《しゅん》というものがあるやろ。人間の子ォにも旬があるわな。子どものときは、子どものときしかできんことを、たっぷりやってきた奴が、味のある人間になれるっていうわけや。

そういう部分をとると、ウエハラさんは断然カッコがいい。

しかし、ウエハラさんには弱点がある。

ふつうにいえば、奥《おく》さんに頭が上がらない人といえるのだが、倫太郎らが感じているそれは、もっと複雑だ。

ばあちゃんも威張《いば》っていて、奥さん、つまりタケやんのかあちゃんと二人で、ウエハラさんに浴びせることばがすごい。

「この人は、いつまでたっても幼稚園。柄《がら》だけ大人」とか「他人の子ォの面倒《めんどう》見て感謝されても、妻子の口の面倒はどないなってんの。ええ」とか「ろくな稼ぎもないくせに、毎晩、ビールが飲めるのは誰のおかげや」などと、すさまじいのである。

もっともウエハラさんも反撃《はんげき》はする。

倫太郎たちが、あれは、ウエハラさんの勝ちィという彼のセリフがある。

「そこまでいうか、豚《ぶた》のクソ。ホイ」

しかし

「なに」

と切り返されると、たちまち
「あなたさまのおかげです」

と、超《ちょう》カッコ悪くなる。

もっとも倫太郎たちには、その超カッコの悪さが、また魅力《みりょく》で、それでウエハラさんの値打ちが下がるということはない。

倫太郎たちにわからないことは、家庭では、頭の上がらないウエハラさんが、その捌《は》け口《ぐち》からか、自分の子であるタケやんに暴力を、それも、しばしば振るっているらしいという事実だった。

暴力は暗い。

明るいイメージのウエハラさんに、それは似合わないのであった。

倫太郎が、タケやんの家はおもろいけど、なにかよくわからないところがあるといったのは、そのあたりのことだと思われる。

「殴《なぐ》られても、父ちゃんは好きやというタケミの気持、倫ちゃんはわかるかァ」

フランケンはいった。

「そやなあ……」

倫太郎は考えた。

「オレは、なんとなしにわかるような気がする」

と倫太郎はしばらくしていった。

「ウエハラさんは、ふつうの大人じゃない魅力があるやろ」

「うん」

「子どもに人気のある大人は、大人の世界ではあかんのとちゃうか」

ああ、そうか、とフランケンはいった。

「シュウちゃんが、そやろ」

「シュウちゃん、ええもんな」

シュウちゃんは日がな一日、自転車のタイヤのチューブ貼《は》りをしている中年の大人だが、大人の友だちというものが一人もない。

「ウエハラさん、カッコええのに、気の弱そうなとこあるやろ」

「ある」

フランケンはすぐいった。

「タケミは、あんな奴やけど、どっかやさしいやん」

「うん」

「そこが合うんかもわからへん」

そうかあ……とフランケンはいった。

「おまえ、なんで、そんな質問をオレにしたんや」

「………」

フランケンはうつむいて、右足で小石をひとつ、ポーンと蹴《け》った。

「オヤジとつき合うのは、むずかしいなと思てや」

「…………」

こんどは倫太郎が黙った。

フランケンの家に降りかかった災難を、倫太郎たちは知っていた。しかし、誰も話題にしなかった。

大人の方が無神経だった。

拳法のけいこの帰り、子どもを迎《むか》えにきた父親の一人がいった。

「おまえのオヤジ、新聞に出とったな」

フランケンは顔を伏《ふ》せた。

タケやんがいった。

「なんも悪いこと、してえへんぞ」

「ま、新聞は、いろいろ書いとったけどよ」

その無えんりょな男はいった。

「気にすな、気にすな」

タケやんは、フランケンを慰《なぐさ》めた。

「あほか。あいつ」

倫太郎は男の背を睨《にら》んでいったのだった。

「オヤジかァ……」

倫太郎は天を仰《あお》ぐようにしていった。

「ごちゃごちゃややこしいとき、オヤジみたいなもん、あんなもん、おらんでもどうちゅうことないと、オレ、思てんなあ」

「あ、そうか」

とフランケンはいった。

「そういう手があったな。あんなもん、どうちゅうことないねんもんな、じっさい」

父親がきいたら頭にくるようなことを、二人はいった。

「オカンは、そうはいけへんとこが、しんどいやんけ」

「オカンなァ、そやなァ……。なんでやろ」

女はトクや、と倫太郎はいった。

「倫ちゃんのオヤジさん、こんど東京で仕事をすんねんやろ」

「そうみたいやけど、別に、オレに関係あらへん」

倫太郎も芽衣と同じようなことをいう。

「オレも、こんどから、そう思うてこましたろ」

とフランケンはいった。

「オレ、オヤジを意識すんねんな。酔って帰ってきたり、ぐじぐじいうてるとき、オレ、自分の部屋にすっと入ってしまうねんけど、気持がさ、あっちむいてるやろ」

「うん」

「オレ、それに腹が立つねん。自分に腹立つねん」

「ブルーサタンは、そういうとき、どうしてるねん」

「ねえちゃんか」

「うん」

「お酒、つきおうたろか、オヤジ、って、先手打ってかましよるワ」

倫太郎は少し笑った。

「ああいう出方、オレ、したいんやけど、オレはあかんねん」

「ブルーサタンには負けるやろ」

「うん。負ける。オヤジのことでは、倫ちゃんがいちばんさっぱりしてて、オレの家がまあまあで、タケミの家がいちばんややこしいと、オレ、思うねんけど、倫ちゃん、どう思う?」

「オレも、そう思う」

と倫太郎はいった。

「そやから、タケミの家へ、すぐいくという気にならへんねん」

「そやなァ。それはわかる。けど気になるなァ。なんやろ。女の子を連れとったやなんて」

「なんやろ」

それはフランケンも気にかかるようだった。

どういう話になったのか、次の日の日曜日、倫太郎とフランケンは、タケやんの家に向かっていた。

「電話してから行った方がよかったかな」

フランケンがいい、

「まあ、ええやん」

と倫太郎は楽天的にいった。

しもたや風のタケやんの家の前は、植木《うえき》鉢《ばち》や、ありあわせの発泡《はっぽう》スチロールの箱に土を入れ、ヤツデやマンリョウのような常緑樹、それに花を咲《さ》かせる植物などが、目一杯《めいっぱい》置いてある。

この路地には、そんな家が多かった。

「タケミィ」

倫太郎は、家の前で怒鳴った。

返事がない。

そろっと戸を開け
「タケミ。いるゥ?」

と、こんどは小さな声でいった。

「誰ェ?」

「オレ、倫太郎や」

「なんや。倫ちゃんかいな」

タケやんのかあちゃんが顔を見せた。

「満ちゃんもいっしょかい。なんぞ、用かいな」

「タケミ、いるゥ」

「いるよ。奥でテレビ観《み》てる」

倫太郎の声がきこえなかったはずだ。

「ウエハラさんは?……どっかへ行った?」

「どこへいく甲斐性《かいしよう》があんのんや、あのオッサンに」

あいかわらずの言い草だった。

「武美といっしょにテレビを観てるよ。なんなら、上がらんかいね。あんたら」

とタケやんのかあちゃんはいった。

このとき彼女のようすは、ふつうだった。

「ふん」

「ふん」

子どもたちにとって、ふん、があいさつことばみたいなもんだ。

倫太郎とフランケンは、そろりと家へ入った。

タケやんのばあちゃんが、どてんと座って、刻みタバコをふかしている。二人をじろりと見た。

倫太郎は右手を挙げた。あいさつのかわりだ。

「また、なんぞ悪いこと企《たくら》ンでんねんやろ」

ここのばあちゃんは倫太郎の顔を見ると、必ず、このセリフを吐《は》く。

タケやんのばあちゃんのあいさつことばなのだろう。

「ええ知恵、貸してェ」

倫太郎は、しゃあしゃあといって、のこのこ座敷《ざしき》に上がった。

フランケンも倣《なら》った。

タケやんは座って、ウエハラさんは寝ころんだ姿で手枕《てまくら》し、テレビを観ていた。

やたらテレビの声が高い。

「おっ」

倫太郎とフランケンの姿を見て、ウエハラさんはびっくりしたような声を出した。

タケやんも気がついて
「なんや、倫ちゃんにミツルか」

と振り向いた。

「なんや、どないしたん？」

「別にィ……」

倫太郎はいって、タケやんの横に座りこんだ。

「別に用はないねんけどナ」

とフランケンもいって座った。

「試合、中止になってすまんな」

とウエハラさんはいった。

少年野球の試合は、野球場の抽選《ちゅうせん》もれで、来週に延期になっていた。

「オレはくじと……」

女軍の方をちらっと見て
「……女運が弱い」

と小さな声でいった。

タケやんのかあちゃんと、ばあちゃんは、いつも二人、組んでウエハラさんに攻撃《こうげき》をしかけてくる。

それで、ウエハラさんは、たった二人の敵？　を、いつも
「あっちは連合艦隊《かんたい》やさかいな」

といっているのである。

「このごろ、少年野球のチームも雨後のタケノコみたいにボコボコ出てきよったさかい、二週間先、三週間先というのもざらになってしまいよった」

野球場の使用のことを、ウエハラさんはグチった。

「弱いのンが多い」

倫太郎はえらそうにいった。

「楽しむのはええけど軟弱《なんじゃく》なんはあかんな」

「あかん」

と倫太郎もいった。

弱いのは仕方ないとしても、だらだらとおしゃべりばかりして、まるで、やる気のないチームが多くなっている。倫太郎たちは、よく

「あんなんに勝ってもしゃーないワ」

といいながら、そういうチームからは容赦《ようしゃ》なく点をとる。

負けっぷりもしまりがなく、だらだらと負け続けて、いっそうしらけるのである。

「あれは指導者が悪い。子どもを虫ケラみたいに怒鳴り散らすか、甘やかすか、どっちかやろ。哲学《てつがく》というもんがないワ」

ウエハラさんは哲学が好きなのである。

倫太郎をはじめ、子どもたちは、そんな話をおもしろがるから、子どもはみな、哲学好きなのかもしれない。

「大人も子どももいっしょや。しまりなくしゃべる奴に、ろくなんがおらん。べらべらしゃべることを、大人のことばで饒舌《じょうぜつ》というのやけど、饒舌は品のない酒といっしょで、本人が楽しんでる分、周りの人間を不愉快《ふゆかい》にさせるやろ。そういうことを子どものうちから

教えんといかんのに……」

　そこでちょっとことばを切り、……武美、テレビの音を小さくせえ、とウエハラさんはいった。

「……野球をしにきとんのか、おしゃべりしにきとんか、わからんようなしつけしてどないすんねん」

「そやから弱いねんや」

　タケやんがいった。

「ものごとに集中できる人間でなかったらあかん。オレが倫ちゃんらを買ってんのは、そこや。やるときにはとことんやるというのが、オレは好きや」

　ウエハラさんが、スポーツも遊びも達者で万能なのは、そんな気構えで生きてきたからだと倫太郎たちは信じている。

「金儲《かねもう》けも、とことんやってくれたら男前が上がるのに、ようようよ、このオッサンは」

　きいていないと思っていたのに、タケやんのかあちゃんはちゃんときいていて、なにか手に持って、倫太郎らのそばへやってきた。

「金儲けはそこそこでええのんじゃ。金儲けをとことんやったら、人間、品がのうなる」

　ウエハラさんは切り返した。

「品は、腹の足しにならん」

　タケやんのかあちゃんは、あくまで現実路線だ。

「おばちゃん、それ、なにや」

フランケンは、タケやんのかあちゃんが手にしている物を見ていった。

「ひしの実や。めずらしいやろ」

「へえ?……」

と倫太郎ものぞきこんだ。

小さな実は、真っ黒で肩《かた》を怒《いか》らしたような二本のとげを持ち、小柄ながらでんと威張っていた。

「食べられるのン?」

フランケンがきいた。

「食べられる。わりとおいしいで」

とタケやんが答えた。

「どないして食べたらええねん?」

タケやんは実を一つ手にとり、かちんと歯で、それを噛《か》んで二つにした。

真っ白な実がのぞいた。

タケやんは前歯で、その白い実を、くいくいとしぼり出すようにして口の中に納めた。

倫太郎もフランケンも真似《まね》をした。

噛みしめて
「甘いな」

「おいしいやん」

と二人はいった。

ひしの実など、このごろめずらしい。

「ちょっと栗《くり》に似た味がする」

と倫太郎はいった。

「ひしの実は知ってたけど、食べたんははじめてや。おいしいワ」

とフランケンもいった。

「ふーん」

とタケやんのかあちゃんはあごをしゃくった。

「そんなもん、おいしがる子も、きょうび、めずらしいナ。チョコレートやガムの時代に……」

タケやんのかあちゃんはいう。

倫太郎とフランケンは、二つめに手を伸《の》ばした。

「これ、茹《ゆ》でたン？」

フランケンの好奇心が出た。

「そう。四、五十分、茹でるんや」

「ひしの実って、どこで売ってんの？」

「こんなもん、きょうび、どこにも売ってないやろ」

「ほな、どないしたん?」

「うちのヒマ人が山で採ってきたんや」

「池や」

とウエハラさんは訂正《ていせい》した。

「山の池やないか」

タケやんのかあちゃんは、ちょっとこわい顔になりいった。

「オレらの子どものときは、たらいに乗って、ひしの実を採ったもんや。ひしは水草で、水に浮《う》いてるんやけど、葉の下に実をつけよる。こいつを採るのは、けっこうむずかしいんや。実がしっかり詰まってくると黒くなって、ポロリと落ちる。それが種になって次の年に、また新しいひしになる。そのポロッと落ちるくらいのときがいちばんおいしい。草を、じんわり引き寄せて、そのおいしい奴を採ろうとするんやけど、ポロポロポロと水の中へ落ちてしまいよる。悔《くや》しいでェ。そのときは……」

ウエハラさんはおもしろい。そんなとき、腹の底から悔しそうな顔をする。

ま、いえば、そんな話はたわいもないといえなくもないのだが、そんなときでもウエハラさんは、本気で、子どもは、その本気をおもしろがり、大人はばかばかしいと思うらしい。

タケやんのかあちゃんはいった。

「子どものときに勉強もせんと、そんなことばっかりしとるさかい、大人になって底抜《そこぬ》けになるのんや」

「なんじゃ？　底抜けって」

「知恵が溜《た》まらんということや」

　フランケンはウエハラさんを弁護した。

「ウエハラさんは物識《ものし》りやで。おばちゃん。知恵が溜まってるから、物識りになれるんやろ」

「子どもの知恵はなんぼ溜めてもしょうがない。子どもの知恵と、大人の知恵を入れ替えんとな」

　とタケやんのかあちゃんはいった。

「あほぬかせ。良寛《りようかん》さんは子どもの知恵の方を大事にしたから、えらい坊《ぼう》さんになれたんや」

「竹の子を竹にして、家の中に生やしてなにがえらい坊さんや。そんなことやから、あの坊さん、一生、貧乏《びんぼう》せなあかんかったんや」

　タケやんのかあちゃんは一応、良寛さんの話は知っているようである。

　ま、つまり、良寛さんがどうこうというより、タケやんのかあちゃんは、ウエハラさんのいうことはすべて気に入らないのである。

　そんな、やりとりのあいだも、倫太郎とフランケンは、ひしの実をかじっていた。

　タケやんに、小さいコイビトの話をきくのは、なんとなく気の重いなにかえんりょのようなものが二人にあった。そして、そのカンは当たっていたのだが……。

　ひしの実の話で、気が軽くなった。

「どうでもええけど、倫ちゃんも満ちゃんも、その、ひしの実、みな、平らげてしもてや。たすかるワ。ひしの実も食べ物や。捨てられへん」

　タケやんのかあちゃんも、たまにはいいことをいうようである。

　倫太郎とフランケンは同じようなことを思っていた。

　食べ物を捨ててはいけないということもさることながら、いくらこの街が、山と海にはさまれ、山へ行くにも海へ行くにも近いとはいえ、ひしの実の採れる山の池まで足を運ぶのは大変だ。

　独り、ひしの実を採るウエハラさんを想像すると、なにか哀《かな》しいような気持がするのである。

「ひしの実は漢方薬やそうやから、体にええ。頭もちぃとはようなるやろ。なァ、武美」

　少々、当てつけ気味にものをいわれたことに気がついたタケやんは
「あほか」

　と白い目をしていった。

　タケやんのかあちゃんは、よっこらしょと腰《こし》を上げた。

　そして、あっちへ行きかけた。

　倫太郎はいった。

「タケミ。おまえ、ちっこいコイビトができたんやてな」

「ちっこいコイビト？」

「若井さんが、おまえと小さい女の子が、新開地の高架の下を歩いとったというとったぞ」

倫太郎は、ひしの実を一つ摘《つま》んで、かきっと噛んだ。

タケやんの目が、うろうろし、すがるようにウエハラさんを見た。

倫太郎は、どきっとした。

ウエハラさんの目に狼狽《ろうばい》の色が走ったからである。

気配が伝わり、フランケンも真顔になった。

「あんた、今、なにいうたン？」

タケやんのかあちゃんは大きな声を張り上げ倫太郎に迫《せま》ってきたのだった。

「…………」

タケやんのかあちゃんの形相は、もう、そのとき、ふつうでなかった。

「うちの武美が、小さな女の子を連れて歩いとった。倫ちゃん、あんた、そういうたんやな、そやな」

「…………」

倫太郎はたじたじとなる。

「え、倫ちゃん、そういうたんやな。間違いないな」

「……オレが見たわけやないけど……若井さんがそう……」

歯切れの悪い倫太郎が、そこにあった。

やにわに彼女は振り向き、ものもいわず、タケやんの頬《ほお》を力まかせに打った。

「わあ」

タケやんは吹《ふ》っ飛んだ。

「なにさらす」

ウエハラさんは、そういったが声は弱々しかった。

「なにさらすは、こっちがいうセリフやろ。あんたは、どこまでうちをコケにしたら気がすむねん」

タケやんのかあちゃんの鼻の穴はふくらみ、荒《あら》い息だった。

「武美!」

タケやんは右腕を顔の前へやり、ひるんだ目つきになった。

倫太郎もフランケンも凍《こお》りついたような顔のままだ。

「おまえ。かあちゃんのいうことより、とうちゃんのいうことしか聞けんのやったら、もうええ。今から、さっさと、とうちゃんといっしょに、ここから出ていけ」

タケやんのかあちゃんは、タケやんにつかみかかった。

「わっ。わっ」

タケやんは逃げ

「かんにんや、かんにんや」

と震《ふる》える声で叫《さけ》んだ。

「子どもに罪ないやろ」

ようやくウエハラさんは声を出した。

「そや。子どもに罪はない。おまえが、みんな悪いんや」

ばあちゃんが、のっそり出てきた。

(どないなるんやろ)

倫太郎とフランケンは顔を見合わせたが、どちらも伏《ふ》し目《め》勝ちだった。

なにかよくわからないが、とんでもないことをしでかしたようだ。倫太郎の胸のうちで、早鐘《はやがね》が鳴った。

フランケンとて同じ気持だろう。

「うちらは間違うたことはいうてないつもりや」

姿を見せたばあちゃんはおもむろにいった。

「あんたは外へ女をこしらえた。世間では、ま、ようある話や、子までこさえた。どっちの家も、あんたさんは……」

ちょっと改まったいい方がこわかった。

「……あんばいよう養うていかれんのやから、これは男の甲斐性《かいしょう》というもんやない。弱い女の血ィ吸うて生きとるといわれても、あんたさんはいいわけのできん立場の人や」

そうかもしれないが、タケやんのばあちゃんとかあちゃんは、どこから見ても、男に血ィ吸われるタイプでは、ない。事態が深刻でなければ、このへんで茶々を入れるところだが、今は、倫太郎もフランケンも、それどころではないのであった。

立ち入ることのできない大人の世界というものが厳然とある。その寒いような感覚を、今、しっかり感じている体《てい》の二人だった。

「世の中にはきまりというもんがある。外に女をこさえておいて、おおっぴらに振舞《ふるま》うのは畜生《ちくしょう》にも劣《おと》る。恥《は》ずかしいことは隠《かく》すのがふつうの人間や。そうやろ。あんたさん」

「…………」

ウエハラさんは黙っている。

タケやんはともかくとして、倫太郎やフランケンの前で、それをいわれているウエハラさんの腹の底は複雑きわまりないであろうことが容易に推察できた。

フランケンは倫太郎にささやいた。

「倫ちゃん。帰ろ」

それを、タケやんのかあちゃんがききつけた。

「黒白つくまで、あんたらもここにいてもらう。ひしの実でも食べてなさい」

ひしの実を食べる勇気も神経もない。

倫太郎もフランケンもうなだれた。

「わたしには、あんたさんが全然、わからん。隠し女のところへ自分の子ォを連れていく気持というもんが」

倫太郎とフランケンは、タケやんをちらっと見た。

「人の道にはずれたことを、子どもに見せる。この子をどういう子に育てるつもりィ？　え、あんたさん」

タケやんはうつむいている。表情はわからなかった。

「大きくなって、あんたさんと同じことをさせるつもりなんかいな」

意を決したようにウエハラさんはいった。

「武美は、イトエとよう遊んでくれるんじゃ」

どうやら、タケミの小さいコイビトは、異母妹で、イトエという名らしい。

「そら、ようおましたな」

ばあちゃんがやたら物静かなものいい方をするのも無気味といえば無気味である。

「子ども同士が仲良くするのはいいことや。ここに小瀬さんとこの子ォも大村さんとこの子ォもいてる……」

倫太郎とフランケンは名指しされて、ちょっとびくっとした。

「武美が、みなと仲良うしているのを見て、わたしはいつもよろこんでます。けど、それとこれは別や。ものに、けじめというもんがなくなったら、この世の中も、人の関係もめちゃくちゃや」

倫太郎とフランケンは、ばあちゃんの顔をじっと見た。

「あんたさん、妻妾《さいしょう》同居ということば、知ってますやろ。畜生と同じや」

ばあちゃんはやたら、畜生ということばを使う。

畜生は動物のことだとしたら、ばあちゃんのいい方は変だな、とフランケンは思うのだったが、こんな場合、そんなことは口にできるはずもない。

「うちのネネ子は、妻や」

タケやんのかあちゃんの名前は、上原ネネ子である。

「あっちさんは……」

ばあちゃんにとって、あっちさんは、名はあっても無視する存在で、敵意丸出しというところなのだろう。

「……きょうび、妾《めかけ》とはいわんやろけど、表に出ることのできへん女《ひと》や」

ほんの微《かす》か、フランケンは首を傾げた。

「それがけじめというもんでっしゃろ」

ばあちゃんの語尾《ごび》は強く、ぴしゃっとしたいい方だった。

「武美を、あっちとこっち、行き来させて……」

「別に、行き来させとるわけやない」

ウエハラさんは、また、ようやくという感じで、それだけいった。

「それは、あんたさん、どういうこと？」

ばあちゃんは冷たくいった。

「武美とイトエは気が合って、仲良くしているだけや」

「あんたさんが、そう仕向けたんやろ」

「そやない」

ウエハラさんは、きっぱりといった。

タケやんのかあちゃんは、たまりかねたように
「お母はん。もう、よろし」

といった。

「武美ィ」

と強い調子で、彼女はタケやんの名を呼んだ。

タケやんはびくっとした。

「とうちゃんのいうことはほんとか」

「…………」

タケやんはうつむいた。

「とうちゃんのいうことは、ほんとうかとかあちゃんはきいてんのや」

「…………」

「ええ？　どやの、武美ィ」

タケやんのかあちゃんの追及は厳しかった。

「…………」

「いわんか」

タケやんのかあちゃんは怒鳴った。

ぴくんと体を震わせ、タケやんは小さな声で、つぶやくようにいった。

「……イトエちゃん……かわいそうやもん……」

「なにがかわいそうや」

「……いっつも、ひとりやもん」

「その子を、そういう目にあわせたのは、このオッサンの……」

彼女はウエハラさんを、睨んだ。

「……このオッサンのせいやろが、おまえ、それがわからんのか」

その次の、タケやんのセリフは見事だった。

「……そんなこと……イトエちゃんの気持と関係ないもん」

いっしゅん、タケやんのかあちゃんは絶句し、次に、ため息を吐《つ》いた。

「おまえは、まだ子どもやから、ものごとのつながりと結果がわからんけど、人を不幸にさせるのは、それなりの理由や原因があんのんや」

「…………」

「このオッサンは、もう、とうからかあちゃんはあきらめとるさかいどうでもええけど、おまえに裏切られるのが、かあちゃんはたまらん。許せんのや」

「……オレ、かあちゃん裏切ってない」

タケやんはいった。

「ほな、なぜ、その女の子とつき合ってたのを、かあちゃんに隠してたんや」

「…………」

「あっちさんの家へいくことや、あっちさんの人とつき合うのは……」

タケやんのかあちゃんも、ばあちゃんと同じで、あっちさんであった。

「……これこれ、こういう理由で、それは許されんということを、おまえに懇々《こんこん》といいきかせたやろ。え」

懇々と、いいきかされたから、タケやんは隠さざるを得なかったのだが。

「おまえ、それを忘れたんか」

もちろん、タケやんは忘れていない。

「おまえ、いい分があるんやったら、かあちゃん、きいてやるから、いうてみィ」

「…………」

「どや。どやの」

「……イトエちゃん……」

「その子がどうやいうのや」

タケやんのかあちゃんはたたみかけるようにものをいい、タケやんは口ごもりながら、ことばを探した。

「……イトエちゃん、かわいいもん……」

「おまえ」

タケやんのかあちゃんは身を乗り出し、タケやんは逃げようとした。

ウエハラさんが、そこへ立ちはだかるように、大きな声で
「わかった、わかった」

といって割って入った。

「わかった？　なにがわかったんや」

タケやんのかあちゃんはちょっと虚《きょ》を突かれた格好になった。

「みんな、オレが悪い」

「当り前や。おまえが諸悪の根元や」

タケやんのかあちゃんは、きつい一発を放った。

諸悪の根元は、ズボンのちりを払《はら》うしぐさをして
「みーんなオレが悪い。武美はなーんも悪うない」

と神妙《しんみょう》にいった。

タケやんは不安気に、ウエハラさんを見た。

「ワシも男や」

「当り前や。おまえが女やったら、女が迷惑《めいわく》や」

「腹切って、お詫《わ》びを……」

とうちゃん！　とタケやんは叫んだ。

「……というくらいの気持がワシにもある」

ああ、とタケやんは力が抜けたようにいった。

「武美」

「なに」

「ここは、ばあちゃんとかあちゃんに詫びを入れよう」

武美はなんも悪うない、といっておきながら、ウエハラさんのいうことは支離滅裂《しりめつれつ》である。

「オレも男や」

オレも男や、ワシも男や、とウエハラさんは忙《いそが》しいのであった。

「ばあちゃんとかあちゃんの気がすむように、ここは一つ、な、武美」

タケやんはウエハラさんの真意をはかりかねて、目をうろうろさせた。

突然《とつぜん》、ウエハラさんは両手をたたみの上に突《つ》いた。

「悪うござんした」

と平伏《へいふく》した。

ウエハラさんは横目で、タケミを見て

「武美」

とうながした。

タケやんは、ほとんどわけもわからないのに、ウエハラさんと同じように、あわてて両手をたたみの上に突き、ぺこりと一つおじぎをした。

倫太郎もフランケンも、このあたりで、ウエハラさんの腹の底が読めた。

二人は顔を見合わせ
(うまいなあ、ウエハラさんは)

と目で、いい合ったのだった。

しかし、ばあちゃんは、ウエハラさんの、その手には乗らなかった。

「それ、なんの真似や」

と冷たくいった。

「は?」

ウエハラさんの目が、次の手を考えている。

「それ、なんの真似や。そやから、どうしようというのんや」

と攻《せ》め立てた。

「出ていかしてもらいま」

とウエハラさんはいった。

倫太郎とフランケンは、また顔を見合わせた。

「お二人さんの気がすむなら、ワシ、出ていかしてもらいま」

どういう腹づもりなのか、そこからのウエハラさんの行動は、きわめて潔《いさぎよ》かったのだ。

「いこ。武美」

ウエハラさんは、立ち上がった。

「とうちゃん」

タケやんは悲鳴に近い声を上げた。

「かあちゃんは二人、出ていけ、とおっしゃったんや。かあちゃんの気持が、それですむんやったら、そうせなあかん。おまえもワシも男や」

男はいいけど、タケやんは、なにがなんやらわけがわからない。

「とうちゃん」

ウエハラさんは後ろを振り返らなかった。ウエハラさんはカッコよかった。

「とうちゃん」

やむなくタケやんは、ウエハラさんの後を追った。

倫太郎もフランケンも、あわてて二人の後を追ったのだった。

クツをはくひまもなかった。

倫太郎とフランケンは、両手にクツをぶらさげ、てえと駆《か》けた。

「待ってえな、ウエハラさん」

「ほんまに家出するつもりィ？」

ウエハラさんの足は早い。

商店街の入口で、ようやく二人に追い着いた。

「倫ちゃん、クツ、はこ」

「あい、あい」

クツをはいて、やっと二人は落ち着いた。

「ほんまに、どないするのン。ほんとに出ていく気ィ？」

倫太郎はいった。

ウエハラさんは、やっと足の運びを落とした。

「あそこで、ちゅうちょしたらあかん。あそこではしゃんとせんと足もとを見られる」

「けど、家出していくとこあるのん？　タケミ、おまえ、どないする気ィや」

「どないするいうたって……」

そりゃそうだろう。タケやんにはどうすることもできない問題だ。タケやんこそえらい災難である。

「オレ、いらんこというてしもて……」

倫太郎は謝った。ずっと気になっていたことである。

「ほんま。いらんことしてごめん」

フランケンも頭を下げた。

「倫ちゃんもミッちゃんも気にするな」

とウエハラさんはいった。

「いつか、バレることやし……」

ウエハラさんは楽天的なことをいう。

「どうするのン？」

しんぱいで仕方がない倫太郎だ。

「ともかく、ソノコのとこへいこ」

「えっ、園子先生とこへ？」

「そのソノコやない。これや」

ウエハラさんは小指を上げて見せた。

「ああ」

二人は一応、納得《なっとく》した。けど、また、倫太郎はしんぱいになった。

「そやけど、その小母《おば》ちゃんにもおこられるということないのんか」

「ソノコは、そんな女やない」

ウエハラさんはカッコをつけた。しかし、その点に関しては、倫太郎もフランケンも全然、信用できないのである。

「その、ソノコという小母ちゃんのことがバレたから、タケミのかあちゃんがおこっとるわけやろ」

「まあ、な」

「まあ、なって？」

「バレてんのは、だいぶ前にバレてるわけや」

あ、そうか、と倫太郎はいった。

あっちさんとつき合うのは許さん、とかいうてたもんな。

そこで倫太郎はいった。

「ソノコという小母ちゃんのとこへいったら、タケミのかあちゃん、よけいおこるのと違うのん？」

誰にでもわかる理屈《りくつ》である。

その誰でもわかる理屈を、ひょいと横に置くのがウエハラさんで、そこが大人物なのか、タケやんのかあちゃんいうところの「底抜《そこぬ》け」なのか判然としないところなのである。

「まあ、な」

とウエハラさんは、また、いった。

ことを、うまく治めるためには、どちらか一方を選ばなくてはならないということだろうが、ウエハラさんには、その気がないらしい。

倫太郎は、少し、ちゅうちょした後、思い切ってたずねた。

「ウエハラさんは、その、ソノコさんという小母ちゃんの方が好きなン？」

「そこがむずかしいとこや」

とウエハラさんはいった。

乾物屋《かんぶつや》の前を通りかかった。

「チリメンジャコ、買《こ》うてんか。きょうは安いでェ」

と声をかけられた。

「ソノコとこへいって、チリメンジャコで一杯飲んでこましたろか」

ウエハラさんは、のこのこ店の前へ足を運んだ。二百円分、チリメンジャコを買った。

「それどころやないのになァ……」

袋《ふくろ》に入れられるチリメンジャコを見ながら、フランケンはいった。

「ものごとを深刻に考えたらあかん」

ウエハラさんはいう。

よくいうよなあ……と、フランケンは心の中で思っている。

「ソノコが好きで、うちのオバハンが嫌いというほど単純なもんやない」

歩き出しながら、ウエハラさんはいった。

「うちのオバハンは口も、顔も悪いが……」

タケやんのかあちゃんがきいたら、怒り狂い出しそうなことをウエハラさんはいうのである。

「……あれは気性のさっぱりしたええ女や。な、武美」

タケやんにとっては、自分のかあちゃんである。あいづちを求められても答えようがない。

「ほな、なんでソノコさんという女《ひと》、好きになったんや」

「ご縁《えん》、ご縁」

とウエハラさんはいった。

「ほな、ご縁でタケミは、苦労してんのか」

倫太郎はいった。

「あたァ」

とウエハラさん。

「痛いとこ突きよんなァ、倫ちゃんは」

フランケンが、フフフ……と笑った。

「男は一生のうちで、何人、女を好きになるか知ってるか」

「知るわけないやろ」

「手のふしの数だけや」

珍説《ちんせつ》を出してきた。

タケやんは、指を広げ、ひい、ふう、みいと数えはじめた。

親も親なら、子も子である。この非常時に——。

「親指の関節は一つで数えるのン？　二つで数えるのか、とうちゃん」

タケやんは、そんなことをいっている。

さすが、倫太郎もフランケンも呆《あき》れた。

「やっとれ」

と倫太郎はいった。

「親指の関節は一つとして数えたら、十八や」

「そんなもんや」

　ウエハラさんはいった。

「ワシは、まだ、七つ八つやから、まだ、だいぶいけるな」

　全然、懲《こ》りていない。

　倫太郎とフランケンは白い目で、お互《たが》いを見合った。

「倫ちゃんは今、なんぼや」

「なにが？」

　わかっているのだが倫太郎はそういった。

「女を好きになったんは」

「ない」

「おまえ、奥手《おくて》やなァ。うちの武美は、ミッちゃんのねえさんに片想《かたおも》いをしているらしいから、倫ちゃんは一つ負けてんで」

（ほっとけ）

　と倫太郎は心の中でいった。

「結婚《けっこん》してるのに、別の人を好きになるのはなんでェ」

　フランケンがきいた。

「ずばっときよったな。つまりやな……」

「つまり……、なんや」

「手のふしの数だけ女を好きになるちゅうのは、男の体と心は、そんなふうにできとるというわけや」

都合のよい理屈を、ウエハラさんはいった。

「ほな、女は？」

「女なあ……」

とウエハラさんは考えた。

「女も男も、もともとは変わらへんのやけど……」

「けど？」

フランケンの頭の中には、自分の両親のことがあるのである。

「この世の中は、男と女が好きになる数の少ない方がええみたいに表向きはいうわけや。オレみたいなんは破廉恥《はれんち》といわれる」

ちゃんとわかっているのである。

「たくさん恋愛をしたらボロクソにいわれる。ふしだらやとか淫乱《いんらん》とか。そのいわれ方が女の方がきついわけや」

「差別か？」

「差別や。だから、もともと女も男もいっしょやけど、自分の心と体に正直に生きるより、表向きの方に合わせてしまうというのが、どうしても多くなる。結婚していても、ま、仮にやで、男も女も、別に好きな人がいる場合……」

（オレの家の場合、そやねんけどなァ……）

とフランケンは心の中でつぶやいた。

「人を好きになっているからといって、一方をクソミソにいうはずないやろ」

「うん」

フランケンの家は、一応、そうなっている。

「つまり、なんでも平等がええのんや。人生で大事なんは、自由と平等と愛」

「自由、平等、愛か」

「そや」

「覚えとくワ」

とフランケンはいった。

「わかるようで、わからん」

倫太郎は口を入れた。

「ミツルは、結婚しているのに、別の人を好きになるのはなんでや、ときいてんやろ？

そういうふうになってる、というだけやったら答にならへん」

ウエハラさんは頭を、ポンポンと三つほどたたいた。

「突いてきよった、突いてきよった」

鋭《するど》い倫太郎に降参《こうさん》したという感じだった。

「これはやな……」

倫太郎はごまかしたらあかんでェという目つきで、ウエハラさんを見つめている。

「……理屈と、理屈でいかん部分があるねんや。まだ、恋愛していない倫ちゃんやミッちゃんに説明するのはむずかしい」

そりゃそうだろう。

世間の常識に従えば、秘め事を、子どもの前へさらしたというだけでルール違反《いはん》になる。男女の問題は頭で考えるしかない年齢《ねんれい》の者に、理屈でいかん部分は察してくれ、というのはどだい無理な話である。

そうではあるけれど、理屈でいかん部分を、大人《おとな》より早く、感じて知る能力も、子どもは持っているものだ。

倫太郎は、いい放った。

「好きになってしもたら、もう、どうしようもないねんやろ」

「それや。倫ちゃん、それや」

百万の援軍《えんぐん》を得たような気分になったのか、ウエハラさんは大きな声で、叫んだ。

「武美。おまえ、それ、わかるか」

ウエハラさんは、いちばん味方になってほしいタケやんに、そうきいた。

情けないといえば情けない親で、正直といえば正直な親である。

「うん。ま、わかる」

ま、がついたけれど、タケやんはわりと素直に、ウエハラさんの気持に添《そ》うた。

「オレは感激や」

とウエハラさんはいった。

「大人より、子どもの方が、よっぽどええ」

かなり都合のいい、ウエハラさんの感想であった。


タケやんが、高架の下を、女の子と歩いていたというのが、うなずけた。

ソノコさんとイトエちゃんの住いは、H駅から、ずーと高架沿いを歩いて、一つ交差点を渡《わた》り、まだ高架のそばを少し歩き、左手に見えてきた、大きな材木屋の裏側にあった。

その家には玄関《げんかん》などというものはなく、六畳と四畳半の部屋《へや》に、小さな台所のついているごく質素なものだった。

日曜日の昼間だったので、ソノコさんもイトエちゃんもいた。

最初に声を出したのは、イトエちゃんである。

「あら、おにいちゃん」

髪《かみ》の毛の黒い、肌《はだ》の白い女の子だった。

おにいちゃんと呼ばれたタケやんは照れたような笑いを浮かべ
「うんうん」

といった。

「お友だち？」

イトエちゃんに似て、色白の、目のきれいに張った女性がタケやんにたずねた。

「うん。倫ちゃんにミツルくん」

と二人を紹介《しょうかい》した。

「まあまあ、おそろいでどうしたの」

「あのぅ……」

タケやんがなにかいいかけたが、ウエハラさんは、タケやんの肩を引っぱっていった。

「表敬訪問や」

「表敬訪問してもらうほど、うち、えらい人になったのぉ」

その女性、ソノコさんは、こだわりのない調子でいった。

「女は存在しているだけでえらい」

ウエハラさんは哲学をいった。

「イトエちゃん」

「なに、おにいちゃん」

イトエちゃんは、タケやんの手に、自分の手をからませた。

倫太郎とフランケンは顔を見合わせた。

(二人はぴったんこやんか)

タケやんはいった。

「また、見つけてきたで」

「また、見つけてきたん？　うれし」

とイトエちゃんはいった。可愛い言い方だった。

「ほら」

タケやんはポケットから、なにやらとり出した。

「あら、おたまじゃくし。かわいい」

それは、三センチほどの、ガラス細工だった。

目がぽちっと飛び出し、赤い唇《くちびる》がユーモラスだ。

「おたまじゃくしは、はじめてやねえ」

「うん。はじめてや」

二人はいった。

タケやんはしあわせそうだった。

「もう六つもたまったァ」

「六つもたまったんか」

「うん。六つもたまった」

フランケンが、イトエちゃんに
「見せて」

といった。

「見せたげる」

やっぱり可愛く、イトエちゃんはいった。

イトエちゃんが、それをとりにいく間、倫太郎はタケやんにたずねた。

「あれ、一個、なんぼや」

「二百円や」

「二百円もするんか」

「うん」

タケやんが二百円も出して、小さなガラス細工を買う気持を、倫太郎は思った。

「おまえ。ええとこあるやん」

「ええとこある。ほんま」

フランケンもいった。

イトエちゃんが大事そうに両手に包んで、タケやんの気持を持ってきた。

「ほら」

イトエちゃんは、それをたたみの上に置いた。

「ほら、これ、カニさんよ」

「目ェ、上向いとるな。このカニ。タケミに似てるワ」

倫太郎はいった。

イトエちゃんは、フフフと笑った。

「これはおサカナ。これは、こうして立てるの」

「そうかァ」

「おサカナはね、三びきあるの」

イトエちゃんは次々、ガラス細工の魚を、たたみの上に立てて見せた。

「でんでんむしもあるよ。ほら、これ」

ガラス細工は、どれも可愛く、あどけなかった。

子どもたちのやりとりを、ソノコさんはにこにこと、しかし、ちょっと淋《さび》しそうに眺《なが》めていた。

「チリメンジャコ、出しにくいな」

ウエハラさんは、ぼそっといった。

「なにやら手に紙包みを持っていると思ったら、それ、チリメンジャコなの？」

「チリメンジャコや」

「お土産《みやげ》？」

「まあ、な」

とウエハラさんはいった。

「それで一杯、飲むつもりや」

タケやんがバラした。

「チリメンジャコの玉子とじ、作ったげましょか」

とソノコさんはいった。

ソノコさんはやさしい人らしい。

少なくとも見かけや言葉づかいがタケやんのかあちゃんと違うことは確かだ。

「チリメンジャコの玉子とじは、ワシの好物や」

ウエハラさんは、なんだかでれでれしているのである。

なんかカッコよくないな、と倫太郎は思った。もちろん口にはしなかった。

「どない思うとんのやろな」

フランケンも同じことを思うらしく、ウエハラさんにきこえないように、倫太郎の耳もとでつぶやいた。

「ワタルさん。ほんとにお昼から飲みますのン?」

流しに立っていきながら、ソノコさんはいった。

ウエハラさんの名は、ワタルである。

「一杯、やってこましたろ。人生、陰気臭《いんきくさ》いのがいちばんあかん」

また、勝手なセリフである。

「なんぞ陰気臭いことがありましたんかいナ」

「人生いろいろあるもんじゃ」

威張《いば》ったようにウエハラさんはいう。

その、いろいろの大半は、ウエハラさん自身作ったものだろうに——。

ウエハラさんはほんとうに、ソノコさんのこしらえた玉子とじを肴《さかな》に、缶《かん》ビールをぐびぐびやりはじめたのだった。

「武美ちゃん。あんたらもなにか飲む？」

子どもたちは、ウーロン茶に、ドライフルーツが三つずつだった。

「わたし、字ィ、よめるのんよ」

イトエちゃんはいって、ドライフルーツの袋の文字を読みはじめた。

「……アメリカ、カリフオルニア……」

「カリフオルニアと違う。カリフォルニアや」

タケやんが正した。

「ふーん」

イトエちゃんは素直だった。

「カリフォルニア……つぎ、なんとよむのン？」

「州や」

「シュウ」

とイトエちゃんはいった。

倫太郎とフランケンは大きな声で笑い、ソノコさんは細く笑った。

「シュウだけいうたら変やんか。カリフォルニア州といっしょにして読まなあかん」

「ふーん」

どこまでもイトエちゃんは素直だ。

「カリフォルニアシュウ……つぎ、なんとよむのん？」

「有機栽培《さいばい》」

「ユウキサイバイプルーン」

「そうそう」

手をたたいてやると、イトエちゃんははにかみ、笑いを隠すように、にいと、こぼすように笑うのである。

イトエちゃんの可愛らしさは、姿形だけじゃなく、そんなしぐさの中から出てくるものだということを、倫太郎とフランケンは感じた。

そしてそれは、ソノコさんから受け継《つ》いだものでもあるらしく、ソノコさんの立居振舞《たちいふるま》いが、どことなく控《ひか》えめで、それでいて相手の気持にそっと添うている。

押しつけがましいところが少しもないのである。

「ユウキサイバイプルーンってなに？」

「なんや。わかってないのんか」

とタケやんはいった。

「有機栽培って、どない説明したらええのン？」

タケやんはフランケンにたずねた。

「なんや。ほな、おまえかてわかってえへんのやないか」

タケやんは頭を掻《か》いた。

「オレかてくわしくはしらんけど、化学肥料や農薬を使わないで、こやしは堆肥《たいひ》を入れて、なるたけ自然に育てるやり方をいうんやろ」

「そうよ。その通りよ」

ソノコさんはいった。

「いまごろの子どものおやつは、体に悪いものが一杯入っているでしょう」

「うん」

「うん」

倫太郎もフランケンも同時にうなずいた。

倫太郎らの保育園時代、園長の園子さんの考えで、市販《しはん》のおやつは、ほとんど食べることはなかった。たいていが保母さんの手造りおやつだった。

体にいいものと、そうでないものとの知識が、倫太郎らの中にも入っている。

「おやつも気をつけてるのよ」

そうか、ソノコさんはそんな人だったのか、と倫太郎とフランケンは思った。

「べっぴんさんになるためには、食いもんにも気をつけらなあかん」

ウエハラさんは横から口を入れた。

「倫ちゃんとミッちゃんに教えといたるけどな……」

「なに？」

フランケンが興味をしめした。

「ほんまのべっぴんさんを見分ける方法や」

「そんな方法があるン?」

「ある」

ウエハラさんは断固としていった。

「女は化粧《けしよう》して化けるんや」

「あれ、化けるんか?」

タケやんがたずねた。

「そや。化けるんや……」

ソノコさんがホホホと笑った。

「……化けてる奴を見て、きれいやなと思っても、それはだまされてるだけのことや」

倫太郎は、そのとき、ちらっと思った。まだ保育園児だったころ、セイコ先生の口紅に悪さをして、エリ先生に諭《さと》されたことがあった。

化粧は、女の人にとって、とても大事なものなのよ、と。

その大事なことを妨害《ぼうがい》したのは、いかにも悪いことをしでかしたのだという気持がして、いつまでも小さくなっていたものだ。

そんな体験を持つ倫太郎は、女性の化粧にどこか神秘的なものを感じていたのに、ウエハラさんは、倫太郎の思いを、化けるということばで、ばっさり切った。

「そやから化粧してる女を見て、美人や、なんていうたらあかん」

「子どもは化粧してないやん」

タケやんはいいことをいった。

「そや。そやから、子どもはみんな、きれいんや」

と、これまたウエハラさんもいいことという。

「そこでや。ほんまの美人を見分ける方法は、みな、化粧を落として、見比べてみることや。そしたら、たいした奴はほとんどおらへん。みな、どんぐりの背くらべや」

おそろしく乱暴なことを、ウエハラさんはいう。

フランケンが逆らった。

「オレらの夢、つぶさんとって。しらけるワ」

「ほんま」

と倫太郎も合わせた。

「女の人がお化粧するのは、男さんの気ィ引くためだけやあらへんのにねえ」

ソノコさんもウエハラさんに造反した。

「なんや、オレ、形勢悪いな」

とウエハラさんはいった。

「オレが、ほんとにいいたいことはやな……」

ウエハラさんは、缶ビールを一口、ぐびりと飲んだ。

「ソノコやイトエは、そこんとこが一歩、抜けとるということをいいたかったんやけどなァ……」

といって、もう一口、ビールを飲んだ。

「あら、そ。そら、おおきにィ」

とソノコさんはいった。

「な、そう思わへんか」

ウエハラさんは子どもたちに、あいづちを求めた。

「思う」

「思う」

倫太郎とフランケンはそこのところはちゅうちょなく賛成した。

二人にとって、ソノコさんの印象は好ましいものだったが、ちょっと理解できないところもあった。

それは、ウエハラさんが
「イトエは、ワシの血ィひいとるから、べっぴんさんや」

といったとき、ソノコさんが柔《やわ》らかい表情を崩《くず》さないで
「ワタルさんの子ォかどうかわからしませんやないの」

といったときである。

倫太郎もフランケンも、どきっとした。

あわてて、イトエちゃんの顔を見た。

イトエちゃんは平気な顔で
「わたしのおとうちゃんやのにィ……」

といいながら、立っていって、ウエハラさんの膝《ひざ》の上に乗った。

「わたしのおとうちゃんやのになァ」

と二度、いい、ウエハラさんの顔を下から見上げた。

「そや、そや。あんなことというソノコはアンポンタン」

とウエハラさんはいって、イトエちゃんの頭をなでた。

ときどき、そんなやりとりがあるのかもしれない。

二人は安心した。そして潮時《しおどき》だと、以心伝心で感じ合ったようだ。

「ウエハラさん、帰るワ」

倫太郎がいい、フランケンは
「おばちゃん、ありがとう」

といった。

「タケミ。バイ」

後も見ずに、という感じで二人は外へ出た。

おにいちゃんら、もう帰るのォ？　というイトエちゃんの声を振り切るように、二人は、ダーッと駆けた。

二百メートルほどを全速力で駆け、そして二人は足を止めた。

「ふう……」

「ふう……」

倫太郎とフランケンは大きな息を吐《は》いた。

「まいったなァ」

「まいった」

と二人。

「どないするつもりや。ウエハラさんとタケミは」

倫太郎はいった。

「オレは家へ帰ると思うな」

フランケン。

「家へって、タケミのかあちゃんの家へか？」

「うん」

「そやな。帰るやろな。ウエハラさんの方が上手《うわて》やさかいな。絶対、また、なんか手ェを使いよるワ」

「うん」

これは二人、同意見なのである。

「なんかウエハラさんはうまいワ」

「うん、うん、どないなるかとはらはらすんねんけど、必ず、うまいこと切り抜けよるもんな」

「そや。テレビのドラマを観《み》てるような感じや」

倫ちゃん、うまいことというなァとフランケンはいった。

「喜劇な」

と、つけ加えた。

「けど、タケミは迷惑や」

「迷惑や、ほんま」

フランケンはあいづちを打った。

「あいつ、早よ、大人になりよるワ」

「うん。いちばん秘密を持っとるもんな」

「秘密を他人《ひと》にいわへんとこがえらい」

「うん」

オヤジに殴られても、オヤジを庇《かば》っていたタケやんを二人は思った。

タケやんにとって、ソノコさんとイトエちゃんの存在は、きわめて深刻な事態なのに、タケやんはそこをけなげに生きていた。

倫太郎とフランケンは、それに衝撃《しょうげき》を受けていた。

「オレら、タケミに負けてるワ」

「負けてる」

とフランケンもいった。

「オレ、おまえに謝るワ」

倫太郎はいった。

「なんでや」

「おまえがタケミの家へ、すぐに行く気にならへんというてたのに、オレは無理におまえを誘《さそ》たやろ」

「無理にということはないけど……」

「おまえの方が正しい」

「…………」

「他人《ひと》のことを考えるということと、おせっかいの区別が、オレにはようわからへん」

「そら、誰にもわからんことや」

「オレのおせっかいで、タケミの家がめちゃくちゃになって、横ではらはらしてるとき、オレ、思うてたことがあるんや」

「…………」

「おまえ、二年生のときに家出したことあったやろ」

「ああ」

「あのとき、オレ、オカンにいわれたことがあったんや。ほんとうの友だちは、その友だちの気持を知っても、そっとしておいてやることやって」

　フランケンは小さくうなずいた。

「そやけど……」

　倫太郎は考えながらしゃべる。

「その、そっとしておくっていうのがむずかしい」

「うん」

「おまえやタケミは、それができるみたいやけど……」

「そうかなあ」

「オレは、それが相手のためになることやと思うたら、ぱっと、やってしまうところがある」

「倫ちゃんのええとこやないか」

「違う。それはオレの欠点や」

　フランケンは、ほう、という顔をして倫太郎を見た。

「ときどきリエが、オレのことで気に入らんことがあると、ずばずばいいよるやろ。あいつは、オレのエエかっこを見破ってると思う」

　フランケンはなにもいわなかった。なにもいわないことが、倫太郎のことばを肯定《こうてい》していた。

「誰かのためになにかするのは気持がええやろ」

「………」

「カッコもええし」

「………」

「オレは自分が嫌《いや》になったワ、きょう」

「うん」

フランケンも力なくうなずいた。

「タケミは、誰にもなにもいわんと、イトエちゃんを可愛がってたやろ。あれがほんとにカッコええんや。誰に見られてもいないし、誰に知られてもいないのに」

「そうやな」

「オレは最低や、いらんおせっかいをして、他人《ひと》の家をめちゃくちゃにして」

オレも同罪やから倫ちゃんだけ責めるなや、とフランケンはいった。

「けど、謎《なぞ》は一つ解けた」

と倫太郎は大人っぽくいった。

「謎って？」

「オレ。ウエハラさんがなぜ、タケやんのかあちゃんやばあちゃんに頭が上がらへんのか不思議でしょうがなかった」

「こんなこというたらなんやけど、ウエハラさんはあまりお金を稼《かせ》いでこないんやろ」

「うん。高い所で鉄骨を組む仕事をしてるっていうてたけど、雇《やと》われるのが嫌で、そのときそのときの請負《うけお》い仕事やから、ひまなんやって。オレにはそういうとった」

「妻子の面倒も、ろくによう看《み》んくせに……がタケミのかあちゃんとばあちゃんの口癖《くちぐせ》やけど、そんな事情もあるねんやろ？」

「そら、ある」

「それにウエハラさんは働いて得たお金を、タケやんの家と、ソノコさんの家の両方にとどけなあかんわけやから、たいへんや」

「甲斐性《かいしょう》なしといわれとったけど、それやったら、そうでもないやん」

「けど、十分でないのやろ」

「そやな」

「倫ちゃんのいうこと、わかる。お金のこともあるやろけど、ウエハラさんが家で威張《いば》れないいちばん大きな理由は、ソノコさんとイトエちゃんのことやな」

「うん。間違いあらへん」

「倫ちゃん」

「ん？」

「タケミのかあちゃんが、ウエハラさんのことを、このオッサンは、もう、とうからあきらめてる、というとったやろ」

「うん。いうとった」

「手の指のふしの数だけ、女の人を好きになるともいうとった」

「うんうん」

「ウエハラさんは、他にも女の人を、これまで何回も好きになったんやで。きっと」

「七、八回って、いうてた」

「倫ちゃんは、そんなウエハラさんをどう思う?」

うーんと倫太郎は唸《うな》った。しばらくしていった。

「オレは別に悪い感じ、せえへんねんけどな」

「ああ、倫ちゃんもそう思うか」

「そう思うって、おまえも、オレと同じように思うんか?」

「うん。ウエハラさんは、タケミのかあちゃんのことを、気性のさっぱりしたええ女や、というてたやん」

「いうてた、いうてた」

「ふつう、ああいうとき、たいていは相手の悪口をいうやろ」

「うん。そやな」

「オレ。ウエハラさん、えらいなと思うた」

「うん」

二人は、見るところはしっかり見ているのである。

「ソノコさんも、ちょっとどきっとさせるとこはあるけど、感じのええ人やし」

「うん。オレもそう思う」

と倫太郎はいった。

「ウエハラさんは、みなを、大事にしてるのに、なんでボロクソにいわれるんかなあ、とオレ、思うねん」

「ソノコさんは、ウエハラさんをええ人と思うてるのと違うか？」

「もちろん、ソノコさんがウエハラさんをボロクソにいうはずはないけど、世間の評判は、ウエハラさんみたいな人にはよくないいやろ」

「よくない」

「オレ。それがようわからんワ」

とフランケンはいった。

「女の人は一人しか好きになったらあかんのンか？」

倫太郎は、それに直接答えず
「ウエハラさんはいうとったな。この世の中は、男と女が好きになる数の少ない方がいいようにいわれるって」

「うん。でも、それは表向きや、というてたから、実際は違うわけやろ」

「実際は違うねんやろなァ。オレのオヤジも、ウワキして、オレのオカンとけんかしてたもん」

「えっ。倫ちゃんとこもか？」

「おまえとこの家の事情をきいたときに、オレとこもいっしょやでェといいたかったんやけど、オレとこはなんか当り前で、おまえとこは、オカンにもオトンにも恋人がいるって、なんか……どういうのかなァ……カッコええというんかなァ……」

「そんなんカッコええていうか？」

「ふつうはいわへんねんやろけど、おまえとこは二人とも……どういうのかなァ……」

倫太郎は考え考え、ことばを探している。

ふだんは決断がはやく、ものごとをてきぱきすすめる倫太郎にしては、めずらしい言動だが、まだ小学五年の年齢で、具体的な男女の経験も知識もない者にとって、それは当然といえば当然のことだろう。

倫太郎は感覚だけで、そのことをとらえ、なんとかことばにしようとしている。

「……そんなことがあるのに、いつも、ふつうで、誰にでもやさしいし、おばちゃんはきれいやし、おまえのオヤジはしゃんとして男らしいし……」

「そら、違うワ、倫ちゃん。オカンはまあまあやけど、オヤジは家でうじうじしてるで」

「家では、そうかもしれんけど、オレらには、そう見せへん。そやから、オレは、おまえとこはカッコええというたんや」

ああ、そうかァといいながらフランケンは考えている。

「そいで、なに考えてんねン？」

と倫太郎はいった。

「そやから……」

「そやから？」

「なんで、女の人は、一人しか好きになったらあかんねんや」

「別に、あかんことないやろ」

と倫太郎は、こともなげにいった。

「他人《ひと》から悪ういわれてもな。友だちは多いほどええねん」

倫太郎はフランケンの心がわかっていた。

「ウエハラさんも、おまえとこのオトンもオカンも友だち、ぎょうさん持ってんねん。オレはそういう人が好きやねん」


それからしばらくして、倫太郎とフランケンは、フランケンの家の前に立っていた。

フランケンは、インターホンのボタンを押した。

「はーい。どなたですか」

細い声がきこえた。

フランケンは鼻をつまみ
「宅配便」

といった。

玄関のドアのあく音がして、足音がきこえた。

ブルーサタンこと慧子が姿を見せた。

「あら、あなた、宅配便のアルバイトをしてるの」

フランケンはいった。

「家が貧しいものですから」

「あら、そう、かわいそうね」

「はい」

倫太郎が横でケタケタ笑った。

「久し振りね。倫太郎くん。上がりなさいよ」

と慧子はいった。

「うん」

倫太郎は慧子の後についた。

フランケンの家は、門から玄関まで、少し距離《きょり》がある。

「日曜日に、めずらしいネ」

と慧子はいう。

「慧子ちゃんこそ、日曜日、家にいてるのはめずらしいのと違うのン？」

「まあ、ね」

「フラれたん？」

慧子はちょっと倫太郎を睨《にら》み、倫太郎の鼻をちょこっとつまんだ。

「フッたのよ」

と慧子。

「このごろの若い男の子って、つまんない。倫太郎くんみたいに、きりりとした男の子って皆無」

「おおきに」

と倫太郎はいった。

「全然、乳離れ、できないのよね。ばっかみたいな子が多いのよ」

「教育が悪い」

「わたしのセリフを盗《と》らないで」

と慧子はいった。

「べたべた寄ってきて、かわいそうだから、キスさせたげるじゃない」

おそろしいことを慧子はいう。

倫太郎は知らん顔をしている。フランケンも平気だ。

「なにを勘違《かんちが》いするのか、舌《した》、入れてきたりするのよねえ」

女子大生と小学生の交わすセリフにしてはあまりに刺激的《しげきてき》である。

「思い切り噛《か》んでやるの」

フランケンがいった。

「タケミにいうといてやろ」

家に入ると、潤子が顔を見せた。

「めずらしいわね。倫太郎ちゃん」

慧子と同じようなことをいった。

「ぼつぼつ親離れする年頃《としごろ》の子が、自分の家や友だちの家に入り浸《びた》っている方が、おかしいわね」

と理由づけまでしてみせた。

「でも、たまには顔を見せてね」

「うん」

と、倫太郎はうなずいた。

一見、無愛想《ぶあいそう》なような返事だが、目が、しっかり、その気持を受けとめている。

「おじさん、いる？」

「いるわよ。きょうは天皇賞がある日だから、ゴルフはお休みなんでしょう」

「競馬？」

「そう」

「オレ、おじさんにあいさつしとく」

「まあまあ、倫太郎ちゃんは義理堅《ぎりがた》いのね」

「どこ？」

「応接間でしょう」

倫太郎は、そのドアをノックした。

「お」

という声がきこえた。

「や、倫太郎くんか」

フランケンのオヤジ哲郎は、競馬新聞を広げ、昼間からブランデーをちびりちびりやっていた。

テレビに競馬場が映っている。

「本命？　穴？」

といって、倫太郎はソファーに座りこんだ。フランケンも倣《なら》った。

「中穴というとこだね。秋の天皇賞は一番人気馬がきたためしはない」

と哲郎はいった。

「ふーん」

といって、倫太郎は競馬新聞をのぞきこんだ。

もちろん、競馬に興味があるわけではない。それが、倫太郎流のあいさつなのだった。

「賭《か》けてるの？」

「もちろん。競馬場にいっている友だちに、もう頼《たの》んだよ」

フランケンも競馬新聞をのぞきこんだ。

「オレも賭ける」

とフランケンはいった。

「どの馬や」

「一番人気の単勝」

「おまえ、親に逆らう気ィやな」

フランケンはポケットから、百円玉を出し、机の上にポンと置いた。

「オレが勝ったら、オヤジ払えよ」

とフランケンはいった。

ひどい話である。

親子で、のみ行為を行っていることになる。

倫太郎も百円玉を出した。

「オレも賭けるワ」

「倫太郎くんは、なにに賭ける？」

「3―7」

倫太郎は、ちゅうちょなく答えた。

「根拠《こんきょ》あるのかい？　あるはずないか」

「ある」

と倫太郎。

「ほう」

と哲郎はいった。

「教えてくれる？」

倫太郎はいった。

「おじさんの印のついていないとこだけ選んだ」

赤ペンで、新聞のあちこちに、フランケンのオヤジは印をつけていた。その隙間《すきま》の組み合わせを倫太郎はいったのだ。

「二人して、オレに逆らいよるな」

哲郎はまいったという顔をしていった。

「よおし。ばくちの金は親子の仲でも、たとえ倫ちゃんといえども容赦《ようしゃ》はせんぞ」

おおげさにいって哲郎は、二つの百円玉を自分の手もとに引き寄せた。

そこへ潤子と慧子が、紅茶セットを持って入ってきた。

「おやおや」

競馬新聞をのぞきこんでいる三人を見て潤子はいった。ちらっと百円玉に目を走らせた。

「あまりいい教育はしていないわね」

と哲郎を軽く睨むしぐさをして見せた。

「なにに賭けたの？」

慧子は誰にともなくいった。

フランケンは黙って、自分の賭けた馬の名を指さし、つつくようにして教えた。

「単勝？」

「そう」

「Tは強いわよ」

慧子はいう。

この家の者は、みな、競馬の知識があるらしい。

「秋の天皇賞は一番人気の馬はこないんだって。ミツルはおじさんに逆らってんの」

倫太郎が教えた。

「そう、そう」

とフランケン。

「倫太郎くんも賭けたんでしょ？」

慧子も二つの百円玉を見ていたのだ。

「どれに賭けたの？」

倫太郎は人差し指と小指を広げ、三枠《わく》と七枠を指した。

「一番人気が飛ぶとしたら、いい線いってるじゃない。倫太郎くん」

慧子はいった。

フランケンが口をはさんだ。

「倫ちゃんだって、うちのオヤジに逆らってんだよ。オヤジの買わない馬券を選んで買ったんだから」

「あら、そう」

と慧子は、少し目を大きくしていった。

「そういう買い方って、おもしろい」

と慧子はいった。

フランケンがどうして？　とたずねた。

「馬券なんて、めったに当たらないものなんよ。だったら他人の買わない方に賭ける方が確率がたかいじゃないの」

さすが慧子は頭がいい。

「わたし、倫太郎くんに乗ろうかナ」

潤子が紅茶を、それぞれに配りながら
「あんたたち、いいかげんにしなさいよ」

といった。

「なにいってんの。倫太郎くんがいるからって、いいカッコしないで。天皇賞だから賭けてみようかナって、ママとさっきいってたじゃない」

潤子は、それに直接応《こた》えず、倫太郎に
「悪いこと教えてごめんね」

といった。

「別にィ……」

と倫太郎。

「パパ。わたし、倫太郎くんに乗るけど、いい？」

慧子は哲郎にいった。

「受けてあげましょう」

哲郎は、どんと、いった。

「連合艦隊、迎《むか》え撃《う》つ」

と哲郎はごきげんだった。

倫太郎は、そんなフランケンの家族をしっかり見ていた。

複雑な問題を抱《かか》えた家族なのに、今、こうして団欒《だんらん》の場を持っている。

装っている空気は誰にも、少しも、ない。

タケやんの家庭の一部始終と、フランケンの家庭のようすを、嫌でも比較《ひかく》して考えざるを得ない、今の倫太郎であった。

タケやんのばあちゃんは、世の中のきまりとか、人の道とか、ということばを連発していた。

しかし、そのことばの行き交うところに、和やかさはなかった。

どうしてだろう。

倫太郎の体が、それを考えていた。

「はい」

慧子は千円札を哲郎の前に差し出した。姿を消していたと思ったら、お金をとりにいっていたらしい。

「3―7に千円」

気前よく、きっぱり慧子はいった。

「おい、おい」

哲郎は、あわてて声を出した。

「千円は多過ぎるよ。おまえ、学生だろう。身分を考えろ」

哲郎はあまり説得力のない説教を垂れた。

「じゃ、わたしが半分、乗る」

と潤子がいった。

「ダメ」

と慧子はぴしゃりといった。

「干渉《かんしよう》なし」

慧子はソファーに腰を下ろした。

手を伸ばし、哲郎の前のブランデーをとり、紅茶にかなりの量を入れた。

「入れる?」

倫太郎にきいた。

「これ」

と潤子が制した。

「たくさん入れないわよ。少し入れたげるね、倫太郎くん」

慧子はそういって、倫太郎のカップに、ちろりと琥珀《こはく》の液体を注いだ。

倫太郎は、それをがぶりと飲んだ。

「どう? 香り、いいでしょう」

「おいしい」

と倫太郎はいった。

潤子はため息を吐《つ》いて

「倫太郎ちゃん。こういう子と、つき合うのは止《や》めときなさいね」

といった。

「不良一家だから。オレとこは」

とフランケンもいった。

ファンファーレが鳴った。

「走るぞ」

ちょっと興奮《こうふん》して、哲郎は叫んだ。

「倫太郎ちゃんを応援するからね」

と潤子はいい、みな、テレビに釘付《くぎづ》けになった。

ゲートが開き、いっせいに馬たちは飛び出した。

倫太郎には、なにがなんだかわからない。馬は団子状態で走っているだけだ。

(あ、そうや)

倫太郎は思い出した。

騎手《きしゅ》の帽子《ぼうし》の色が、番号を表しているということだ。

(3はなんやったかな。えっーと、白、黒、赤、あっ、そうや。3は赤や。えーと、赤、青、黄、緑、橙《だいだい》、桃、そや。7は橙や。3と7は赤と橙や)

倫太郎は目を凝《こ》らした。

「よし。いけ」

興奮を押し殺したように、哲郎は小さく叫んでいる。

賭けた馬が、いいとこを走っているのだろう。

(赤と橙、赤と橙……あ、いた、いた。なんや、後の方を走ってるやんか)

倫太郎はがっかりした。

「ミツルの馬、どこや」

倫太郎はフランケンにきいた。

こうなりゃ、せめてフランケンの馬でも応援しようという気持になったようだ。

「ここ、ここ、ここ」

フランケンは立っていって、先行集団にいるTを指さした。

「ええとこ走ってるやん」

「うん。倫ちゃんのは？」

目は、テレビに向けたまま、フランケンはたずねた。

「どっちもケツの方、走ってるワ。あかん」

潤子がいった。

「ゴールまでわからないわよ」

慧子も
「最後まで、わからないのが競馬」

と冷静にいった。

(女軍の方がさめてるワ)

倫太郎はひそかに思った。

四コーナーを回り、ゴールを目がけ馬群は殺到《さっとう》する。

必死に鞭《むち》を振るう騎手もいる。

倫太郎の賭けた馬は、まだ後方だった。

(完全にあかんがな。くそったれめ)

心の内でつぶやいている。

「T、がんばれ」

倫太郎は声を出した。

「自分の買った馬を応援しなさいよ」

倫太郎は慧子に叱《しか》られた。

そのときだ。

するすると赤の帽子と橙の帽子が抜け出してきたのだ。

「ほら、ほら、ほら」

と慧子は叫んだ。

「あっ、あっ」

と倫太郎も思わず声を出していた。

「がんばれ、がんばれ、がんばれ」

と潤子は手をたたいた。

ゴール前の壮烈《そうれつ》なたたき合い。

倫太郎は拳《こぶし》を突き出し、応援した。

「がんばれェ……」

潤子の黄色い声。

最後のたたき合い。

ゴール板の前を真っ先に駆け抜けたのは橙帽子の馬で、その次は赤帽子の馬だった。

「やったァ……。倫太郎くん！」

慧子は叫んだ。

そう、うわずった声でもない。

「握手《あくしゅ》、握手」

慧子は倫太郎の手をとって、二度、三度強く振った。

それから
「はい。パパ」

と右手を広げ、哲郎の前に突き出した。

「まいったなあ、もう」

哲郎は苦笑いした。

「オレの馬券は紙くずになるわ、慧子と倫太郎くんには大枚の支払いをせんならんわ、どういう厄日《やくび》や」

哲郎はぼやいた。

哲郎がいった通り、十年に一度、出るか出ないかといわれた圧倒的《あっとうてき》一番人気馬Tは七着に沈《しず》み、五番人気馬と三番人気馬が一、二着をしめた。枠連3―7は一千百二十円の配当となった。

配当金額がしめされると、慧子と倫太郎はもう一度、握手をした。

「はい。パパ。一万一千二百円ちょうだい。倫太郎くんは千百二十円よ」

オレ、ええワ、と倫太郎はいった。百円を賭けて無くしてしまうのはなんともないのだが、なにもしないのに、その百円が千百二十円になり実際、自分のものになるというのは、なんだかこわいような気がするのであった。

まずは正常な神経といえる。

「ダメよ。倫太郎くん。約束は約束」

と慧子はシビアである。

「よし、よし」

負けた哲郎は意外にきげんがよかった。

久し振りに一家揃《そろ》い、一つのことを楽しむことができたよろこびが、彼の気持を晴れればれさせていたのだろう。

革の財布を出し、大枚一万一千二百円と、千百二十円をそれぞれ支払った。

「ミツル。おまえにやるワ」

倫太郎は、その金をフランケンの前に押《お》しやった。

「あかん、あかん。勝ちは勝ちや。倫ちゃんのもんや」

とフランケンは押し戻した。

「倫太郎ちゃん。それは当然の権利なんだから、とっておくべきよ」

潤子もいった。

「ふーん……」

倫太郎は考えている。

しばらくして、倫太郎はその金のうちから、百円玉一つ、とった。

「これはオレのお金やから返してもらうワ。残りは、ほら、テレビでやってるやん。恵まれない人に、あなたの善意を……というやつ。オレ、あれに出すワ」

潤子が笑い出した。

「意外な倫太郎ちゃんを見たっていう感じね」

「いや、えらい」

と哲郎はいった。

「慧子。おまえ、少しは見倣《みなら》いなさい」

慧子はいった。

「パパも倫太郎くんも全然ダメ。全然わかってない。賭け事で勝ったお金は、ま、いったら汚《よご》れたお金。そのお金を、できるだけつまんないことにつかって、ああ、わたしはなんて汚れた人間でしょうと思わないといけないの」

フランケンが下を向いて、ククク……と笑い出した。

慧子の部屋で、三人はアイスクリームを食べていた。

タケやんの家で起こった出来事を、二人は慧子に、みな話した。

「ねえちゃん。どう思う？」

話し終えて、フランケンはたずねた。

「あんたたち、武美くんをかわいそう、と思ってるでしょ」

「思ってる」

「タケミは全然、迷惑」

倫太郎とフランケンは、ほぼ同時に、ことばを出した。

「なんとかしてあげたいと思ってるでしょ」

「思ってる」

「きょうだって競馬をしてるときは、ちょっと忘れとったけど……」

正直なことを倫太郎はいう。

「……ずっと気になって……な」

とフランケンにあいづちを求めた。

「気になるワ、そら。あいつ、家なき子になるかわからへんねんで」

とフランケンはいった。

「ま、友だちのことを気にかけてあげることはいいことだけど、武美くん、今、いちばん、しあわせなんよ」

「なんでェ？」

「どうしてェ？」

また、二人同時に口を出した。

「そのイトエちゃんという女の子と遊んでいるとき、武美くん、しあわせそうな顔してたでしょう」

「そのときはそうやけど、後は、みな、ふしあわせやないか」

抗議するようにフランケンはいった。

「タケミはなんも関係ないのにおばちゃんに殴《なぐ》られたりしてさ」

「殴られるのは、しあわせじゃないけど、もし、そこに武美くんがいなかったとしたら、どう？」

「…………？」

「…………？」

「大人だけだったら、ただ悲惨《ひさん》なだけでしょ。武美くんがいるから、なんとかもってるんでしょ。つまり武美くんはみんなの役に立っているわけ」

倫太郎は考え、フランケンは首を傾《かし》げた。

「武美くん自身は、いちいちそんなことを考えて行動していないでしょうけど、自分がいなければとうちゃんはどうなる？　自分がいなければかあちゃんは？　自分がいなければイトエちゃんは？　というふうに体は動いているわけよ」

そういえばそうやなあ、と倫太郎は漠然《ばくぜん》と思った。

「武美くんが、おばさんにたたかれても、イトエちゃんはひとりぼっちだから、とか、かわいそうだから、といって庇《かば》うのは、自分がいなければ、という気持がつよいからでしょう」

「うん」

「そう」

「人は、そういうときがいちばんしあわせじゃないの」

「…………」

「…………」

「つらいこともあるけど、自分はこの人の役に立っている、今、とても——と思えるときが、人間はいちばんしあわせなんよ」

「うん」

「うん」

二人は素直にうなずいた。

「ねえちゃんはときどきええことをいうから、おおかたは変なことをいうてても通っていくねん。腹立つなあ、もう……」

とフランケンはぶつぶついった。

「武美くんは大人の世界のもめごとに巻きこまれて、たいへんな目にあっていると考えてるあんたたちは軽いの。人としては」

と慧子はいった。

「タケミはえらい、とオレらも思うてるよな、倫ちゃん」

「うん。思うてる」

「それでいいじゃない。武美くんが尊敬できれば、それでいいの。武美くんをかわいそうだと思う心は、人を見下す心なの」

「わかった」

とフランケンはいった。

「けどなァ、倫ちゃん。しんぱいはしんぱいやなァ、なあ」

「うん」

「ウエハラさんなら大丈夫」

と慧子は断定的にいった。

慧子は、ウエハラさんの話を、しょっちゅうきいているし、二、三度会って、その人柄も、およそ理解しているのである。

「あの人は、ちょっと図抜《ずぬ》けてるよ。世間の人より」

と慧子はいった。

「そやなァ」

倫太郎はいい、慧子にそういってもらったことで、だいぶ安心したのだった。

「倫太郎くん」

「なに?」

「あなた、顔、真っ赤よ」

「なんかへんや思とった。胸、どきどきして」

と倫太郎はいった。

「ブランデーが効いてきたのよ」

慧子は笑っていった。

倫太郎とフランケンの、長い長い一日はようやく終わろうとしていた。


よく日、タケやんは学校にきた。別段、暗い影《かげ》もなく、ふだん通りの表情だったので、倫太郎もフランケンもほっとした。

「きのう、どやってん?」

「帰った」

「家へ帰ったんか?」

「うん」

「そうか。よかったな。昼休みにくわしく話せ」

「うん」

そんな会話が、タケやんと倫太郎の間で交わされた。

給食が終わって、タケやん、倫太郎、フランケンの三人は校庭の隅《すみ》のクスの木の下にいた。

「何時ごろ、家へ帰ったんや?」

「夜中」

「夜中ァ?」

「夜中までイトエちゃんの家におったんか」

「いや。イトエちゃんの家は七時ごろ、出た」

倫太郎とフランケンは顔を見合わせた。

「家出のことは、あのソノコさんというおばちゃんに話さなかったんか」

「うん。話さへん」

「最後まで?」

「うん。最後まで話さへんかった」

やっぱりなァ……と倫太郎はいった。

「オレのとうちゃん、けっこうええカッコしいやからな」

とタケやんはいった。見抜いているのである。

「ソノコさんにしんぱいかけたらいかん、と思うて話せへんかったやないか」

とフランケンは、タケやんを咎《とが》めるようにいった。

「そら、そうやけど……」

「そいで夜中まで、どこにおったんや」

倫太郎はたずねた。

「映画館」

「映画館？」

「オールナイトの映画を観とってん」

「ああ」

倫太郎は納得《なっとく》した。

「オレは、眠《ねむ》っとったけどな」

とタケやん。

「それで？」

「夜中、家へ忍《しの》びこんで、寝《ね》てしもたら、こっちの勝ちやさかいって……」

「ウエハラさんがいうたんか」

「うん。あいつらの顔も立てたらなあかんからな、というとった」

倫太郎とフランケンは、ふたたび顔を見合わせた。

タケやんの話を再現すると、こうなる。

映画館を出たのは、十二時半過ぎだ。

「ふらふら歩くな」

ウエハラさんはタケやんにいった。

「眠いもん」

「家へ帰ったらなんぼでも眠れる」

「かあちゃん、家、入れてくれるかな」

もう十分、顔を立てたったやないか、とウエハラさんはいった。

さすが、この時刻、家の周りはしーんとしていて、深夜番組を見ているらしい家の明かりが、一つ、二つとついているくらいだ。

ウエハラさんは戸を引いた。二度、引いた。

「とうちゃん」

タケやんは心細げに声を出した。

「鍵《かぎ》、かけやがったな。武美、裏へ回ろう」

一見、長屋のように見えるのだが、家と家の間は大人が体を横にすると、かろうじて通れるほどの隙間がある。

二人は、そこを通って、裏のたたきへ出た。

ウエハラさんは勝手口のガラス戸を、そろりと開けようとした。

五ミリほど開いて、そして、カチャリと音がした。

「とうちゃん」

タケやんは、また、か細い声を出した。

「しんぱいすな」

とウエハラさんはいった。

ウエハラさんは、よく、山へいくので、いつもポケットに折りたたみ式のナイフを入れている。

そいつを出して、戸の隙間にさしこみ、くいと刃《は》を上へ押し上げた。

勝手口の施錠《せじよう》なので、簡単なしかけとみえ、すぐ留めが、はずれた。

らくらく戸は開いた。

二人は忍び足で部屋へ上がった。

玄関に近い店の間と呼んでいる部屋に、ばあちゃん、次のタンスの置いてある部屋にかあちゃん、奥の間と呼んでいるテレビや台所のある部屋にウエハラさんとタケやんが寝る。

この間取りがさいわいした。

二人は、そろりとふすまを開け、布団《ふとん》を音を立てないように出して敷《し》いた。

二人は、なんとなく顔を見合わせ、にんまり笑った。

そのときだ。

「どこの泥棒猫《どろぼうねこ》や」

低い、ドスのきいた声がした。

ウエハラさんは、あわてて布団をかぶった。

「どこの泥棒猫やというてんのや」

低い声は追ってきた。

なにを考えているのかウエハラさんは
「ニャオーン」

と布団の中で鳴いた。

タケやんに
「おまえも鳴け。猫になったれ。ついでや。もう一つ、かあちゃんの顔を立てといてやれ」

とささやいた。

「ニャオオーン」

とタケやんも鳴いた。

ふすまが開いて、タケやんのかあちゃんは姿を見せた。

ウエハラさんは死んだふりである。

タケやんのかあちゃんは、流しの蛇口《じゃぐち》をひねり水を出した。

コップにそれを受け、一気に飲み干した。

「ふほゥー」

と大きな息を吐いた。

彼女は、タケやんの枕《まくら》もとに座った。

「武美」

タケやんは一応、寝たふりをしていたのだが……。

「武美」

彼女は二度呼んだ。

少なくとも、起こして叱ってやろうというような声の調子ではない。

「うん？」

タケやんは寝たふりのまま返事をした。

「カッとして、おまえをたたいてしもうて……」

さすがに、そのままの姿勢でいるのは気がひけ、タケやんはごそごそ起き出し、背を立てた。

「……かあちゃんは……おまえに謝る」

「うん」

タケやんは神妙にうなずいた。

「かあちゃん。お酒、飲んでるのンか？」

タケやんは小さな声でたずねた。

「酒でも飲まんとおれるかい」

と彼女はいった。

ウエハラさんの布団が、少し動いた。

「かあちゃんはおまえが憎《にく》うてたたいたわけやない」

「うん。わかってる」

タケやんはいった。

「いうにいえん気持や」

「うん。わかってる」

「しょうもないとうちゃんと、かあちゃんを持って、すまんナ。許してや」

タケやんは首を振った。

「おまえ、おなか空《す》いてないか？」

やさしい声だった。

「少し」

とタケやんはいった。

「タマゴ入れて、ラーメン作ったるさかい、まっとれや」

タケやんのかあちゃんはコップ酒をやりながら、タケやんのためにラーメンを作った。

タケやんは、ちらっとウエハラさんの方を見た。

ウエハラさんは死んだふりするしかないのである。


「オレも入れてくれェ……」

青ポンが三人を見つけて駆けてきた。

「なんにもしてえへん。話をしてるだけや」

「なんの話？」

仕方がないので、倫太郎はきのうからの出来事をかいつまんで話した。

「オレも行きたかったナ」

青ポンはいった。

「おまえを除《の》け者にしたわけやないねんで。なんとなくミツルとそんな話になって、なんとなくタケやんの家にいってしもたんや。な、青ポン。拗《す》ねるなよ」

と倫太郎は先手を打っていった。

「うん」

わりと、素直にうなずいた。

「コイビトとちゃうかったんかあ。妹やったんかあ……」

青ポンは青ポンなりに感慨《かんがい》があるのか、思いをこめたようにいう。

倫太郎もフランケンも少しあわてた。

フランケンがいった。

「そやけど、おまえ、あのな……」

フランケンはことばを探した。

「……このことは、あんまり他人《ひと》にいうたらあかんことやねんで。な、青ポン。考えたらわかるやろ」

青ポンはいわれた通り、ちょっと考えた。

「秘密の妹か？」

「秘密の妹って、おまえ、話をややこしくさせるな」

と倫太郎はいった。

「友だち、友だち、みんな友だち」

と、さらに大きな声でいった。

「友だちの妹、ね」

「おまえ、なんで話をややこしくさせるのン？　友だちでええのん。妹はいらんの」

とつよい調子でいった。

「ふーん」

青ポン。

「わかっとんかいナ。青ポンは……」

倫太郎は少々、不安になった。

「タケミの友だちで、イトエちゃん。その他、なにもくっつけるな。妹は、なし。もし、誰かにバラしてみィ。おまえと絶交するぞ」

なんで、そんなこわい顔をしてんの？　というような表情で、青ポンはのんびりと
「あい、あい」

といった。

「そのかわり、きょう、なんでもおごったる」

と倫太郎は別の顔になっていった。

「きのう、競馬で勝ってん。百円玉が千円札と百二十円になったんや……」

きょう中に、みな、遣《つ》こてしまうぞ、と倫太郎はいった。

子どもに無関心な者や、子どもを、ただ、ぼんやり見ている人は、子は親に育てられ、学校で教育されているものと思いこんでしまいがちだ。しかし、事はそう簡単ではない。倫太郎、フランケン、タケやん、そして彼らを、とり巻く仲間らをよく見ていると、そんな受け身の部分は、きわめて少なく、子どもの生活と感性の広さ、鋭敏《えいびん》さには驚《おどろ》くほどのものがある。

一方では塾通《じゅくがよ》いに精出す子どもが多くなるという現象があり、おそらくは、倫太郎らの、個性的な生活の成り立つ要因の一つに、彼らに添う大人たちの相当の理解があることは確実で、その点、倫太郎たちはしあわせといえた。

峰倉肖さんは、その筆頭だった。

市の図書館の分室で、本と、お互《たが》いの会話を通して、子どもの心を解く仕事をするかたわら、〝なんでも学校〟というのをはじめた。

なんでも学校だから、なんでもあり、なのである。

パン職人にきてもらって、子どもたちにパンを焼く実習をさせることもあれば、染織作家をまねき、藍染《あいぞ》めをじっさいにやらせもする。

動物写真家の話をきいたり、童話作家に自作を読んでもらうこともある。

日曜日、月二回とはいえ、企画を立て、ほとんど予算もないのに、講師をよばなければならない峰倉さんの苦労はたいへんだった。

「たいへんだけど、子どもたちが目を輝《かがや》かせ熱中しているようすを見ると、もうそれだけで、わたし、すっごくしあわせ」

と峰倉さんはいうのである。

すっごくというところに実感がこもっているのであった。

この教室は、子どもたちの評判も、親たちの評判も、峰倉肖さんいうところの、すっごくよかった。

参加した子どもたちは

「次はなに？」

「次はどんなことするの？」

と必ずきいてから帰った。

峰倉さんもなかなかのもので、まえもって予定表など配らない。

どうしても事前に、用意が必要なときだけ、「種明し」した。

倫太郎たちは少年野球があるので、毎回は参加できなかったが、試合がないときはよろこんで、この学校にきた。

「こんど誰？　どんな人がくるの？　次の次の日曜日は試合がないから、また、これる」

フランケンが峰倉さんにたずねると

「もう、すっごく素敵《すてき》な人。会ったら絶対、トクするよ」

といった。

その日曜日、その、すっごく素敵な人は定刻になっても姿を見せなかった。

子どもたちは、まちぼうけを食わされた格好になる。

「その人、無責任な人？」

フランケンが、みなを代表するあんばいで、峰倉さんにたずねた。

「自由人だけど、無責任な人じゃないわ。でも、どうしたのかしら」

峰倉さんも少々しんぱいしている。腕時計《うでどけい》を見た。

「じゃ、こうしましょう。その人が、どういうものを作る人なのかは、この白い布をとれば一目でわかるのだけど、それはその方がきてからのお楽しみということにして……」

白い布で包んだものは、一メートル以上もある大きさだ。天井から針金で吊《つ》るしてある。好奇心旺盛《おうせい》な子どもたちに触れさせないように、早くから、峰倉さんがきて、そのそばで番をしていた。

「熊坂俊一さんという人が、その人と作品に出会って、その人の気持になって書いた詩があるの。待っている間、それを読みますから、どういう人か想像してみてください」

峰倉さんは、そういって、その詩を読みはじめた。

「僕は海岸でよく頭を振る

　するると不思議な太古の魚たちのイメージが

　頭からポロポロと音をたててこぼれてくる

デボン紀に生まれ
白亜《はくあ》紀に死滅《しめつ》した巨大《きょだい》な魚シーラカンス
半魚人が操《あやつ》る空飛ぶバラクーダ
6枚のプロペラを持ったノーチラス……
イメージの振子《ふりこ》は
僕の記憶の中を幾度《いくど》となく往復し
やがて3次元の輪郭《りんかく》を描きはじめる
バラバラに散らばった歯車や部品をかき集め
遠い昔の海の記憶《きおく》を手さぐりするように
僕は夢中で銅版をたたき続ける
海の記憶から生まれた魚たちは
いつの間にかそわそわ動きだす
そしてゆっくり僕のまわりを泳ぎはじめるのだ
僕はその姿を見る時
静かに興奮《こうふん》してしまう
僕には彼らが
ふたたび海に帰りたがっている様子が
手にとるようにわかるから」

読み終えて、峰倉さんは
「小さい子には少しむずかしいかもしれなかったわね。でも、この白い布の中にあるものを見ると、きっと、なるほどと思うわ」

といった。

子どもたちは、いっそう好奇心を、そそられた。

その人は、定刻より十五分ほど遅《おく》れ姿を見せた。

「すんまへん、すんまへん。みんな、ごめんな」

目があどけなく、体全体、微笑《びしょう》ばかり、という感じの人だった。

「ボク、殿村龍太郎《とのむらりゅうたろう》といいます」

フランケンとタケやんも青ポンも、倫太郎の方を見た。

龍太郎――倫太郎。なんとなく似ている。

「ボクは遊ぶのが好きで、おもしろいことしかしない風来坊《ふうらいぼう》やと思っておいてください。峰倉肖さんとは友だちです」

峰倉さんはいった。

「わたしが紹介しようと思っていたのに……」

「あ、そう。そら、すんまへん。そやけど、どっちでもいっしょでんがな」

と、殿村龍太郎さんはくったくがない。

「なんで遅れてきたか、その理由を話します。ここへくる途中、猫が木に登っていたんです。なんやようすがおかしい。自分の首輪の紐《ひも》にからまって、よう下り切れんのや。この猫、ボクと同じでアホですワ」

子どもたちは笑った。

「アホはアホ同士、助け合わなあかんと思って、ボクは悪戦苦闘《あくせんくとう》して、そのアホ猫を木から下ろしてやったんやけど、ほら、この手を見て。ひっかかれて、傷だらけや。ほんま、どういうこっちゃ」

それを、さも、あわれそうにいったので、子どもたちはクスクス笑った。

峰倉肖さんが、ふたたび、口をはさんだ。

「ね、みんな。わかった？　龍太郎さんはこういう人なの。無責任で遅刻《ちこく》したわけではないので許してあげてね」

許したげる、とか、そんなんしょうがないやん、とか声が上がり、誰か一人が拍手して、つられたように、みな、拍手した。

「おおきに、おおきに」

と殿村さんはいった。

「ほな、ボクの作品をみんなに見てもらいます」

殿村さんは白い布に包まれている自分の作品を見た。

「こんな演出せんでもよろしいのに……。ボクはただ吊るしておいて、といっただけやのに……」

と、ぼやいた。

「いいの、いいの」

と峰倉さん。お互い、えんりょのないところをみると、二人は親友らしい。

殿村さんと峰倉さんは二人して、白い布をそろそろ外していった。

子どもたちの目にそれが飛びこんだとき
「わっ」

といっせいに声が上がった。

「シーラカンス！」

倫太郎は叫ぶようにいった。

「すごいやんか」

とタケやん。

「電源を入れてください」

殿村さんがいった。

「わっ！」

子どもたちはさらに驚きの声を上げた。

銅板をたたき出し、成形したシーラカンスの胴部分では、半魚人らしい二体がペダルを踏み、それにつれて、シーラカンスの前ひれと翼《つばさ》が精巧《せいこう》に、悠然《ゆうぜん》と動き出したのだ。

翼を持つシーラカンスなんてすごい。

「わっ」

「わっ」

子どもたちは言葉もない。

幼い子は、口をあんぐりあけて、ただただ見入っている。

「こんなん、ぼくらにも作れるの？」

フランケンは殿村さんにたずねた。

「誰でも作れる」

殿村さんは簡単にいった。

「遊び心があればね」

と、つけ加えた。

「動く仕掛《しか》けをカラクリというけど、その部分をよく見てごらん。古時計の歯車や、ラジオの部品、それに使っているモーターも、みな、きみたちの身の回りにあるものばかりやろ」

「ほんまや」

この、すごいものは、はるか遠いものではなく、すごいものなのに身近で親しく感じられるのが不思議なのだった。

「こんなん、どうして考えついたんですか」

一人の子がたずねた。

「ま、それはいろいろやけどね、元をたどるとやね……」

殿村さんの話し振りは、のんびり、そしてほんわかしている。

せかせかしている人の百パーセント逆さ、という感じなのである。

「たとえばやね。子どものときの話やけど、金持の子がゼンマイ仕掛けのおもちゃを持っていると、それが欲しくて仕方がなかった。そのおもちゃ自体が欲しいのじゃなくて、それが自分の物だったら、壊して、中を調べることができるやん」

「わかる」

倫太郎は大きな声でいった。倫太郎も、そういう子だ。

殿村さんは、うん、とうなずき、倫太郎の顔を見ながら話を続けた。

「おもちゃは、壊れると、捨てられてしまうから、ボクはそれを手に入れて、分解して、中身をのぞいたり、また組み立てたりしてたんや」

子どもたちは誰一人、よそ見しないで殿村さんの話をきいている。

「おもちゃはもちろんのこと、時計、蓄音機《ちくおんき》、カメラ、ラジオなんでも、壊しては組み立て、壊しては組み立てているうちに、今の仕事をやっていたというわけ。ボクは好きなことしかやらへんから」

うらやましそうに殿村さんの顔を見上げた子も何人かいる。

「設計図は作りますか」

また、誰か一人、質問した。

「そんなもん作らへん。デッサンなしや。準備もせえへん」

え、という思いの子どもたちが多くいたようだ。

顔つきに、それが出た。

「おもろいなあ、と思ったら、いきなり本番や。イメージだけを頼《たよ》りに……」

峰倉さんが、小さい子どもたちのために、説明した。

「イメージというのは、心の中に思い浮かべたこと。ね」

殿村さんは、すまん、すまん、といった。

「……その心に思い浮かべたことを頼りに作っていくから、やり直しはない。つまり失敗なんかあらへんわけや。あるとすれば気に入るか、気に入らんかだけや」

その考え方はおもろいな、と倫太郎は思って、フランケンを見ると、フランケンも小さくうなずいていた。

「ボクのことを世間ではアーティストという人が多いが、ボクはハーティストや」

「アーティストは芸術家、ハーティストのハートは心のことだから、心の人、というくらいの意味かしら」

と、峰倉さんが解説をした。

「すまん、すまん。ボク、あんたらに子どもやから、こう話そ、なんて思って話してないから、むずかしいことばを使《つ》こてたら、かんにんしてな」

と殿村さんはいった。

「あい、あい」

青ポンは声を出して応えた。

「ここの子ォは感じええワ」

殿村さんはいう。

「心に残っているものだけが大事。これは忘れたらあかんとメモしたり、コンピューターに記憶させたから安心や、なんて考えるのは大間違い。そんなことばっかりしとったら、しまいには心が鈍《にぶ》くなるだけやなしに、心そのものが死んでしまいますやろ」

殿村さんの話は、子どもだけではなく、多くの大人にきいてほしい話だナ、と峰倉さんは思っていた。

「なかなかものを覚えられへん、すぐ忘れるからオレはダメやなんて思う必要はないよ。もの忘れが良いから助かっていると思うこと。世の中、あかんねん、あかんねんが多過ぎる」

うなずく子がいる。

「おまえはけんか早いからあかん。おまえはものごとにだらしがないからあかん。そんなことをいうかと思うと、おまえは几帳面《きちようめん》過ぎるからあかん、なんていいよるやろ。めちゃくちゃや」

子どもたちは笑った。

「あかんねんやなくて、……そやからエエねんといわなあかんし、思わなあかん」

頭の回る子がいった。

「あかんねんをあかんいうて、思わなあかん、ゆうた」

みんな笑って殿村さんも笑った。

「そや、そや。揚《あ》げ足をとったらあかんのじゃなくて、揚げ足とりしたから、みんなを笑わせて、そやからエエねんで、エエねん」

みな、大笑いである。

「あかんねんは、すべてエエねんに置きかえるとよろしい。けんか早いから、それだけ発散できてエエねん、とか、ものごとにだらしがないから、まわりの者はぴりぴりせんでエエねんとか。そしたら人はみな、値打ちのあることがよくわかるやないか。そやろ。ボクは、そういうふうに、人間は風通しをよくせなあかんと思ってるけど、きみ、ボクの、その考え、どうですか？」

殿村さんはタケやんを指名した。

「めちゃめちゃ大賛成」

タケやんは答え、大部分の子が拍手《はくしゅ》した。

「ボクの作品は、おなかの中まで、スケスケです。ふつう、モーターの入っているそんな部分は、カバーで覆《おお》ってしまうでしょ。それ、ボクは嫌《きら》いやねん。だから、この作品は、ボクの心そのものです」

子どもたちは改めて、殿村龍太郎の作品を心こめて見たのだった。

「そんなわけで、ボクは、風の吹《ふ》くまま、気のむくまま……という人間ですが、この学校に通わせてもらって、みなさんといっしょに、こういう作品を作って遊ばせてください。よろしおまっかァ？」

殿村さんは、おしまいの、よろしおまっかァ、というところを、怒鳴《どな》るようにいった。

倫太郎らは大声で

「よろしおま――」

と怒鳴り返した。そして、みな、大笑いしたのだった。

倫太郎たちの「学校」は、留めどなく広がっていくのであった。

リエが、ふさぎこんでいるように見えたので、倫太郎は声をかけた。

「なんや？　なんかあったんか」

「………」

「元気ないやないか」

なんにもない、とリエは冷たく答えた。ちょっと、とりつく島がないという感じだった。

(なにかあったな)

と倫太郎は瞬間《しゅんかん》に察した。

倫太郎のクラスは、男の子と女の子のようすが、かなり違《ちが》う。

小学五年という年齢《ねんれい》は、それぞれ成長に差があり、幼児性を残しているような子もいれば、いわゆる、おませで大人の雰囲気《ふんいき》を漂《ただよ》わせる子もいる。早熟さという点では女の子が、男の子より、いくらか早い。

過保護や、またそれに近い育てられ方をした子は、どうしても自主性が乏《とぼ》しくなる傾向《けいこう》があり言動が幼く見える。

倫太郎やフランケンの立居《たちい》振舞《ふるま》いは、一般より相当高い水準のものと思ってよい。

倫太郎らのクラスの男の子は、わりとまとまりがよく、女の子の方は群雄割拠《ぐんゆうかっきょ》の体《てい》で、孤立《こりつ》派もいれば、小グループ同士、ときどき、小競《こぜ》り合いを起こしたりするというぐあいである。

リエはグループを組む性格ではない。孤立派ともいえない。

リエ自身の目で選んだ子を友だちにしているようで、友だち間のトラブルもきわめて少ないという子だ。

そういうわけだから、仲間はずれや、いじめを受け悩《なや》んでいるということは考えにくい。

少しずつ男女の意識が芽生えはじめ、意識しながら、男は男、女は女で固まろうとする傾向が出てくる年頃《としごろ》である。

倫太郎とリエの場合も、互いの気持は変わらないが、遊んだり、話したりする機会が以前よりは減っていた。

倫太郎は、リエのことは気にはなったが、タケやんの家のトラブルで懲《こ》りたことや、友だちの秘密や、他人に見せたくないことや話したくないことは、お互いそっとしておく、という思いから、それ以上、リエにかまわなかった。

リエの沈《しず》んだようすは、それからも続き、そのうち仲の良かった奥野《おくの》アズサという子と、なにかトラブルを起こしたらしいという噂《うわさ》が飛び交うようになった。

それで、逆に、倫太郎は安心した。

「けんかぐらい誰《だれ》でもするわい」

「そのうち仲良くなるやろ」

「友だちの代わりは、なんぼでもある」

倫太郎たちは口々にいって、その話は、それでしまいになっていたのだが——。


倫太郎は話があるからと芽衣に呼び止められた。

「なんや。オバハン。オレは忙《いそが》しいんや」

「遊ぶのに忙しいのでしょうが」

「遊びが仕事」

と倫太郎はいい返した。

「結構なこと。今のうちに、しっかり遊んで、大人になって悪い遊びをせんとって」

それで倫太郎は、ははあーんと察した。

フランケンの家で競馬に賭《か》けたことだ。

「ミツルの小母《おば》ちゃん、あのことバラしよったな」

「倫ちゃん、ビギナーズラックって知ってる？」

「なんや。それ」

「初めて賭事《かけごと》をした者は不思議に運がつくってこと」

「それがなんや。どないしてん」

「そこから深みにはまるのよ」

「あほか」

と倫太郎はいった。

「小学生が競馬に狂《くる》うわけないやろ。あんちゃんじゃあるまいし」

「あんちゃんは狂ってるの？」

「嘘《うそ》、嘘。ときどき、やるっていいたかっただけ」

「そう。安心したわ」

「それで、話って、なんやねん」

「そう、そう」

芽衣は心持ち硬《かた》い顔になった。

「きょう、リエちゃん、学校を休んでいたでしょ？」

「ああ、腹痛《はらいた》やいうとった」

「さっきリエちゃんのお母さんが、家にきたのよ」

「…………」

「おなかが痛いから学校を休む、といったのは事実だけど、リエちゃんのお母さんがいうのには、それは仮病だって」

「ケビョウ？」

「病気のふりをするってこと」

ああ、と倫太郎はうなずいて、それから考える顔になった。

「親だから、それが嘘か本当か、わかるって」

「…………」

「リエちゃんのお母さんは、あなた、学校にいきたくない理由が別にあるでしょうって、リエちゃんにきいたというの」

「それで、リエはどう答えたの？」

「黙《だま》ってたって」

ふーんと倫太郎は小さくいった。

「あまり問い詰《つ》めるのも、よくない気がして、その場はそれで置いたそうだけど、親は気になるのよね。そういうのって」

ちょっと、しんみりして芽衣はいった。

「あなたが、リエちゃんのことで、なにか知っていないかしらって、訪ねて見えたの。心当りがある？」

うーん、とやっぱり倫太郎は小さな声だった。

「そんな顔をしているところを見ると、心当りがあるのね」

「……………」

しばらくして倫太郎はいった。

「いわんとあかんか」

「それ、どういう意味？」

と芽衣は問い返した。

「どういう意味って……うーん……むずかしいなあ……」

倫太郎の目が、ものを考えている。

「むずかしいって？」

「オバハンにきくけど、おせっかいと親切の、境目はどこや」

芽衣は、小さく、えっ？といった。

そして倫太郎がなにを考えて、そういったのか探る目になった。

「それって、答、あるんか」

こんどは芽衣が、考える番だった。

「むずかしいねえ……」

と芽衣はつぶやいた。

「ほらみィ。むずかしいってオバハンもいうたやろ」

「リエちゃんのことで、なにか知っているけれど、それをいうことが、おせっかいになるか親切になるか迷うっていうこと？」

「まあ、な」

　と、倫太郎は答えた。

「そう」

　と芽衣はいい、黙りこんでしまった。

　この子は、そういうことまで考えているのか、という思いだった。

「一つ、きいてもいい？」

「なんや」

「それは小さなこと？　それとも大きな、重大なこと？　あなた方にとって」

「………………」

　倫太郎は少し考えた。

　芽衣の問いに、直接、答えず、ふたたび倫太郎はたずねた。

「おせっかいと親切は、どう違うかということを、もう一ぺんきくワ。オバハンはどう思うんや」

　どう違うのだろう。

　芽衣は本気で考えた。

「人のためを思ってしたことでも、自分がイイ気分になるようでは、おせっかいでしかないし、自分の痛みを伴《ともな》って相手になにかすることがほんとうの親切じゃないのかしら」

と芽衣は答えた。

そういってからも、それでいいのだろうかと、芽衣は考えていた。

「おせっかいの方はわかった」

と倫太郎はいった。

フランケンとの会話の中で、誰かのためになにかをするのは気持がいいし、カッコもいい、と倫太郎はいった。

だから芽衣のいうことは、すでに気づいていることだ。

「自分の痛みを伴って、相手になにかしても、相手のためにならなかったということもあるんとちゃうんか」

と倫太郎は疑問を芽衣にぶっつけた。

芽衣はしばらく考えた。

「……あるかもしれないわね」

「ほな、どうしたらええんや」

「倫ちゃん」

「なんや」

「あなた。なにかあって、そういうことを考えたの?」

倫太郎は言葉が詰まった。

タケやん一家の一部始終は芽衣に話していない。

「いろいろあるわいや。生きとるんやもん」

倫太郎は、あいまいないい方をした。

「そう」

芽衣は深く追及しなかった。

「人間は神様じゃないのだから、いいと思ってしたことでも、相手を傷つける場合もあると思うわ。それが、こわいからなにもしないという生き方も、卑怯《ひきょう》じゃないのかしら」

「……卑怯なァ……」

倫太郎はつぶやいた。

「オバハンも、はっきりしたことはわからへんわけや」

そういいながらも倫太郎はわりとすっきりした表情だった。

「はっきりものごとがわかれば生きやすいけど、それでは、おもしろくはないわね。きっと」

芽衣の口から、そんな言葉が出た。

「リエのことはな」

倫太郎はいった。ようやく話しておこうという気になったようだ。

「なんや元気がなかったことは、ほんとうや。アズサという奴《やつ》がおるねんけど……」

奴は、ないでしょうと芽衣は注意をした。

「わかった、わかった。そのアズサさまと仲違《なかたが》いしたらしいんや。らしいーちゅうのは、女のことはようわからんからな、男のオレらには」

「そうなの。でも仮病を使ってまで学校にいきたくないほど、それは深刻なことなの？」

「そら、リエにきかんとわからんことやけど、そういわれると、オレも変やと思う」

「ちょっとしたいさかいは、子ども同士にはつきものでしょ。お友だちとけんかをしたくらいで学校にいかないなんてリエちゃんがいうかしら？」

「そやな」

「あの子は繊細《せんさい》な子だけど、自分の考えはしっかり持って行動する子でしょう」

「やさしいとこもあるけど、気ィもつよい」

と倫太郎はいった。

「あなたのダメなところを、ぴしゃりという子はリエちゃんくらいよ。そういう友だちは大事にしなければね」

と芽衣はいった。

「倫ちゃん。あなた、ようすを見てくれない？」

「ようすを見るって、どういうことや」

「なにが、ほんとうの原因なのか、リエちゃんのお友だちにきいてみてくれない？」

倫太郎は黙っている。

「その、アズサちゃんという子に直接、きくという方法もあるでしょ？」

やっぱり倫太郎は黙っていた。

「どう？」

しばらくして倫太郎はいった。

「おせっかいという気がする。嫌《いや》や」

ふっ、と芽衣は、ため息を吐《つ》いた。

「おせっかいかしらねえ……」

芽衣は自信なげにいった。

「リエの問題やろ。リエが自分で、なんとかせなしょうがないことや」

芽衣は少し考えていった。

「あなたのいうことが、ほんとうだと思うわ。でも、子どもが学校にいかない理由を、親が知らないというのは、とても不安なのよ。わかってあげて」

倫太郎はいった。

「別に学校にいかんでも死ねへん」

はっきりと芽衣は大きな息を一つ吐いた。芽衣は弱々しくいった。

「あなたのいうことが正しいのでしょうね、きっと」

倫太郎はちらっと上目《うわめ》づかいに芽衣を見た。

芽衣はいった。

「あなたのような子を持って、わたしはしあわせだと思うことにするわ」

「皮肉をいうとんか、オバハンは」

「皮肉と本音と半々よ。親は、親だからこそ弱気になるときもあるのよ」

倫太郎はそれに対して、なにもいわなかった。

二人の会話は、そこでおしまいになった。

倫太郎は言葉の上では、きっぱりしていたが、心のうちでは、かなり揺《ゆ》れていたのである。

人というものは誰でもそうだが、こうしようとか、こうである方が正しいと思ってはいても、気持と体がストレートに、その方へ向いていかないという場合が、往々にしてある。人間の微妙《びみょう》さというものだろう。その微妙さの中には、弱さも、利己心もあるが、それを克服《こくふく》しようとする時間を神様から与えられたのだと思えば、人の心の揺れは、貴重だともいえる。

芽衣は芽衣なりに、倫太郎は倫太郎なりに、自分の吐いた言葉以上のことを、あれこれ考えていたのであった。

芽衣は、リエの母親章子に電話をし、倫太郎とのやりとりのあらましを伝えた。

「学校にいかなくても死なないという倫太郎ちゃんの言葉は応《こた》えるわ」

と章子はいった。

「無理をしないように、と倫太郎ちゃんに教えられた気もする」

「役に立たなくて、ごめんなさいね」

と芽衣は詫《わ》びた。

「とんでもないわ。リエを問い詰めなくてよかった。そう思うくらいよ」

「時間をかけてあげるというのも、親の愛情かもしれないわね」

「ええ。そう思うことにするわ。きょうだけですむことなのか、あすも学校にいかないといい出すのか、それが、あさってもなのか、よくわからないけど、一週間くらいなら、あの子を叱《しか》ったり、問い詰めたりしないで、わたし、我慢《がまん》できそう」

「えらいわ」

芽衣は、心からいった。

「自分とのたたかいみたい」

と章子はいった。

「そうよね。子どものことは、いつも自分とのたたかいよね。うちの倫太郎はあんな子だから、もうずっと我慢《がまん》、我慢の連続よ。おかげで人間ができたわ」

笑って芽衣はいった。

「親って、どうして、こうも子どものことを知りたがるんでしょうね」

しみじみとした調子で、章子はいった。

「親の干渉《かんしょう》に反発した時期が自分にもあるくせに、自分が親になってみると、親と同じことを自分の子にしようとしているでしょう」

「そこまでご自分を冷静に見ていられるのに、同じということはないでしょうよ」

「そうかナ。あまり自信ないのよ、わたし」

「自信のないのは、みな同じだわ」

芽衣と章子は、かなりの長電話だった。


章子と、その話をして、芽衣は仕事で二日間、家を空けた。

倫太郎が四時ごろ帰ってきたので、気にかかっていたことをたずねた。

「リエちゃん、もう学校へきている？」

「まだ」

と、ぶっきらぼうに倫太郎は答えた。

「まだって、じゃ、もう、しっかりとした登校拒否《きょひ》じゃないの」

「…………」

芽衣は腹が立ってきた。

「リエちゃんが三日も学校にこないのに、あなた、知らん顔をしているの？」

なにかいいかけようとした倫太郎だが、結局、黙ってしまった。

「リエちゃんは保育園時代からの大事なお友だちでしょう！」

めずらしく芽衣は尖《とが》った声を出していた。

倫太郎はカバンを放り投げると、芽衣を無視して外へ出ていこうとした。

「倫ちゃん！」

倫太郎は逃《に》げるように、表へ飛び出していった。

「なんなの、あの子。見損なったナ……」

腹立ちの収まらない芽衣は舌打ちした。

リエの家へ電話をかけた。

章子が出た。

「リエちゃん、家にいるの？」

「ええ」

「じゃ、この電話、ぐあいが悪いかしら」

「いいのよ。リエは二階の自分の部屋に閉じこもっているから」

「今、倫太郎からきいたんだけど、三日目だって？」

「そう。芽衣さん」

「え、なに？」

「わたし、ダメな親だわ」

ちょっと取り乱しているような章子の声だった。

「この前、いかにもものわかりのいいようなことをいっておいて、次の日、リエが、その日も学校にいかないというと、わたし、もう逆上してしまっているのよね」

「………」

答えようのない芽衣である。章子の気持がよくわかるのだった。

「一週間くらいなら待つ我慢ができるかナといっておきながら、たった二日目で、もう感情を爆発《ばくはつ》させているの」

芽衣は電話の前で、そっと深い息を吐いた。

「わたしだって章子さんの立場だったら、そうしていたかもしれない」

慰《なぐさ》めにならないと思いながら、つい、そんなことをいってしまっている芽衣だった。

「でも、ほんとうにわたしってダメ……」

章子はさらにいう。

「……リエが、きょうも学校を休むっていったとたん、自分とは違う声が飛び出てしまっていたのよね」

「どうおっしゃったの」

「理由もいわないで学校を休むってどういうことなのって、すごく大きな声で、いってしまった。今、思うと、リエにすれば怒鳴りつけられたとしか思えないような声の調子だったと思うわ」

芽衣にその場のようすが想像できた。

「いったん、歯止めがとれると、もうダメなのね。次々、飛び出た言葉が、あの子を傷つけたと思う」

どういったの？　と芽衣はきけなかった。

「どうして理由がいえないの？　お友だちが原因なの、それとも先生なの。他になにか学校にいけないわけがあるの。ちゃんといいなさいよって、鉄砲玉《てっぽうだま》みたいに言葉が飛んだのよ。ダメだ、ダメだと思いながら、もう止まらないの。自分がなさけなくて……」

章子はつらそうだった。

そういうことは誰にだってある。そうしてひどい自己嫌悪《けんお》に陥《おちい》る。

(章子さんは、それをごまかしていないから立派じゃないの)

芽衣は胸の内でつぶやいた。

「そしたら……」

「そしたら?」

思わず芽衣はたずねていた。

「……そしたら、リエがわたしを睨《にら》むような目つきをしたの。今、わたしは睨むっていったけど、反抗《はんこう》とか敵意のこもったということだけじゃなくて、なんていったらいいのかしら、その奥の方で、なにかすがるような、哀《かな》しみを訴《うった》えるような、口では説明できないとても複雑な目の色だったの。どきっとして」

「まあ」

「思わず口を閉じてしまったわ」

電話の前で芽衣はうなずいた。

「あの子、見る見る目に涙《なみだ》をためて……」

章子の声が少し震《ふる》えていた。

芽衣も胸が詰まった。

「誰も、わたしをわかってくれない、って鋭《するど》く、叫ぶようにいったの」

「………」

「なにもいわないのに、わかるはずないじゃない、といえなかった」

「なにか深い思いが、きっと、あるんでしょうね」

「そうだと思うわ。たった二日なのに、そんな短い時間も待ってやれない親かと思うと……」

章子は打ちのめされているようだった。


その日、夕飯の支度をしていても、芽衣は上《うわ》の空のようなところがあった。子どもを育てるのに、女の子の方がむずかしいとか男の子がどうとか軽々しくいえないという思いもあったが、同じ親子同士でも同性と異性とではニュアンスが違うだろうなということは、なんとなくわかるのである。

章子と電話で話して、早く大人の部分で、お互い向き合わなくてはならないのは娘と母親の関係だろうと思うと、ほっとするような気持と同時に、いずれそんな葛藤《かっとう》は自分たち親子にも襲《おそ》ってくることだろうと、とても他人事《ひとごと》とは思えない芽衣なのであった。

親子といえども別々の人間なのだと口では簡単にいえるが、現実に意思の通らない、通じ合えない局面でそれに遭遇《そうぐう》すると誰だって狼狽《ろうばい》するだろうことは容易に推測できた。

他人同士なら時間や距離《きょり》を置くことで、それを乗り越《こ》えるという方法もあるだろうが親子では不可能だ。

ため息の出るような思いが、芽衣にはする。

それにしても章子さんはえらい、と芽衣は改めて思った。

章子の夫は海外出張中だった。

「こんなときリエちゃんのお父さんがいらっしゃったら……」

と芽衣らしくない慰め言葉を口に出した。

章子はいった。

「居ない方がよかったと思うの」

「………」

「居たら夫を頼ったと思うわ。それで問題が解決できたとしても、わたしは未熟なままだから、なんにもならないもの」

芽衣は、教えられた気がした。

その夜、芽衣の家も、リエの家と同じで親子二人きりだった。

「倫ちゃん」

「なんや」

「あんたがそこにいて、うちがここにいて、今、ご飯を食べているのは当り前だと思う？」

倫太郎は顔も上げないで答えた。

「当り前過ぎてメシがまずい」

「宗ちゃんがいたら?」

「もっと、まずい」

「憎らしい子」

と芽衣はいった。

「子どもの口に、くつわでもつけてやりたいと心から思うわ」

倫太郎は、あん? という顔をした。

「馬の子を生むのと人間の子を生むのと、どっちが得か、今、考えているとこなの」

と芽衣はぷんぷんしながらいった。


「倫ちゃん。ちょっと……」

フランケンは深刻な顔で、倫太郎に声をかけた。

「なんや」

「このあいだ学級文集をもろたやろ」

「うん」

ヤマゴリラは、久し振りに学級文集の第二集を出してみなに配ったところだった。

「みな、読んだ?」

「作品？」

「うん」

「読んだ」

「なんか気のついたことなかった？」

「………？」

フランケンは周りに誰もいないのに、辺りをはばかるような目つきをした。

「〝父がひげをそると〟というのがあったやろ」

「ああ、そんなんあったナ」

倫太郎は、その詩を思い出した。

父と母
父がひげをそると、
「さっぱりした。
きれいだろう。
ほれぼれするだろう。」という。
母がいるところで、
母にきかせるようにいう。
そしてニッコリわらうのは、

いつも母だ。

「あの詩。奥野アズサが書いたことになっとるやろ」

フランケンはいった。

なっとるやろ、とはどういう意味だ。倫太郎はけげんな表情をした。

「どこかできいたような詩やなあ、とオレ、思たんや」

「………」

「調べたら、やっぱりあった」

「どういうことォ？……」

倫太郎はちょっと、しゃがれたような声になりたずねた。

「峰倉さんがすすめてくれたR社の〝子どもの詩の本〟の中に、同じのがあったんや」

「同じのン？」

「うん。まるっきり同じ」

「アズサが書いたのと違うんか」

「違うんや。だいぶ前に書かれた詩やよって、アズサ、いいわけ立てへんでェ」

えー、と倫太郎は大きな声を出した。

「嫌な予感せえへんか。倫ちゃん」

倫太郎はフランケンの顔を見た。フランケンがなにを考えているのか、倫太郎はすぐ察しがついた。

「リエとアズサの仲違いの原因か?」

「やっぱり倫ちゃんも、そこへ考えがいくやろ」

「おまえの話をきいて、とっさにそう思うたけど……、けど……」

倫太郎は考えた。

「けど?……」

「どういうことになんのンかなァ……。リエも、おまえと同じことを知って、アズサに忠告したというわけ? リエも、本をよく読んでるからな」

「う……ん?」

フランケンも考えこんだ。

「ただの仲違いなら、そんなことも考えられるけどなあ」

しばらくしてフランケンはいった。

「そやろ。オレもおまえと同じことを思てんねんや。なんせリエは、もう何日も学校へいってえへんねんさかい」

二人は、黄色い葉が少なくなってしまったイチョウの木の下に座りこんだ。

「他人のことは自分のことよりむずかしいな」

と倫太郎はいった。

「うん」

フランケンも、あいづちを打った。

「タケミの家のことで、だいぶべんきょうしたさかいなあ」

相当に懲りている倫太郎である。

「うん、うん」

フランケンも同感だ。

「ほんとのことがわかったら、それでおしまいというもんやないねんから」

「ああ、倫ちゃんもそんなことを思てたんか」

フランケンはちょっと驚いたようにいった。

「人間は心があるからすごい動物かもしれんけど、心があるからややこしい」

倫太郎はいった。

そばで誰かがきいていたら、小学生の吐くセリフかと思うところだろう。

幼い頃から心の目ェでものを見ろ、とじいちゃんに教えられてきた倫太郎にとって、心というものは抽象的《ちゅうしょうてき》な存在としてあるのではない。

フランケンにも、またそれがわかる。

ほんとうのことはリエが知っているのだからリエにきけば……と誰でも考える。あるいはまたリエに口を開かせる方法を考えてみたりするところだろう。

ほんとうのことがわかってもリエの心を傷つけてはなんにもならないと二人は思っている。

心を持つからすごい動物ではあるが、心を持つ故に、それに近づく手順は細心でなければならないということを、この二人はそれとなく感じているのであった。

突然《とつぜん》、倫太郎はいった。

「あのヤマゴリラ、なに考えとんや」

フランケンには倫太郎の心のうちがわかった。

こういう場合、いちばんに手を打たなくてはならないのは教師である。

その不満を倫太郎はいったのであろうが、この事件に関してはヤマゴリラの果した役割は、もっと、ずっと深い根があったのである。

「あんな、ミツル。この話、しばらく二人だけのことにしようや」

「うん。それはええけど倫ちゃん、なにか考えがあるんか」

「あるわけやないけど……」

倫太郎は頭を振った。

「なんや頭、ごちゃごちゃする」

それはフランケンとて同じだった。

「学校へこないのはリエやから、今は、リエのことを心配しているわけやけど、もう一丁、奥野アズサのことまで、オレら心配せなあかんのか」

「なんや推理小説みたいやな。アズサが自分のやったことを気に病んで、学校を休んでしまうのやったら、ま、わかる話やけど……、ほんま、なにがなにやらわけがわからへん」

フランケンもぼやいた。

「そや。こんなこと、みんなに知れたらアズサもリエの二の舞いやで。リエの悩みは、今のとこ、なんやわからへんけど、アズサの悩みは、オレ、ようわかるもんな」

かつて倫太郎も、親の目を盗《ぬす》んで金をごまかし、寒い思いをしたことがある。

「アズサの奴、魔《ま》がさしたんや」

フランケンがいった。

「うん」

倫太郎もうなずいた。

フランケンは
「アズサの奴、悪いことをした」

とはいわなかった。

それは一つの人間観である。小学生という成長の段階では、それを思想として持つまでには至らないだろうが、感覚的なものの中に、人を善悪で仕切ろうとしない節度を、既《すで》に二人は内に蔵していたといえる。

倫太郎はいった。

「このこと、ヤマゴリラは知っとんのやろか」

「さあ……どうかな。ヤマゴリラは、あんまり子どもの詩なんか読んでないのと違うか」

「ま、読んでないやろな」

と倫太郎は断定的にいった。

ヤマゴリラ、形無しである。

「アズサにはラッキーや」

倫太郎はよい方に解釈《かいしゃく》した。


倫太郎がリエのことをたずねたのは、はじめてである。芽衣は、おやっと思った。

「オバハン、リエに会ったんか」

「リエちゃんは家に閉じこもっているのよ。会うわけないでしょ」

「ほな、なぜ、リエのことを知ってるんや」

「心配したリエちゃんのお母さんが逐一《ちくいち》、報告してくれるからよ」

「リエは、あれからも、なんもいわへんのか？」

「そうみたい」

「リエの小母ちゃん、えらいやんか」

「えっ？」

「無理にきき出せへんのは、しんぼうがいることやろ」

「ものごとは、そう簡単にいかないわよ」

「どういうこっちゃ」

「無理にきこうとは、もちろん思ってないんだけど、親の気持は、ときにその思いを超えてしまうことがあるのよ。はじめ章子さんは一週間やそこいらは、リエちゃんを叱ったり問い詰めたりしない自信があるとおっしゃってたの。だけど二日目には感情を抑《お》さえ切れず問い詰めるようなものの言い方をしてしまったって。よくわかるわ、わたしには。親の気持って、そういうものよ」

倫太郎は黙っていた。

しばらくして、たずねた。

「そうしたら、リエは、どう反応したんや」

「睨むような目つきはしたけれど、それは反抗というのじゃなくて……」

芽衣は、そのときの章子の言葉を正確に思い出そうとするように、目を据《す》えた。

「……どうおっしゃったかナ……なにかすがるような……哀しみを訴えるような目つき、だったかナ……口では説明できないとても複雑な目の色をしたって」

倫太郎は考える目になった。

「でも、じき目に涙をためて、誰も、わたしのことをわかってくれないって叫《さけ》んだそうよ」

「…………」

芽衣は、しばらく黙っている倫太郎を見ていた。

「あなた、なにか心当り、ある？」

倫太郎は

「ない」

と短く、ぶっきらぼうにいった。

「あなた、自分の方からリエちゃんのことをきいたのは、なにか、あなたの中に起こったからじゃないの？」

「…………」

「無理にきかないことにするけれど、友だちを大事にする心だけは忘れないでね」

芽衣は倫太郎の目をしっかり見ていった。


イチョウの木の下にいたのは、こんどは四人連れだった。

「二人で考えとっても、どうしてええかわからん。リエは、小さいときからきょうだいみたいして暮らしてきた奴やさかい……」

倫太郎は、そういった。

その前に、フランケンが一部始終を二人に話していた。

タケやんと青ポンは神妙な顔をしてきいた。

「リエもアズサも助けんとあかんねんやろ」

青ポンがいった。

リエもアズサも助けんとあかんとは、青ポンはうまいことをいう。

話は深刻なのだが青ポンがいうと、なにか空気が、ほんわかするのである。

「そや。そやからむずかしい」

とフランケンはいった。

「そやなあ。アズサがいじめられても、かわいそうやもんなァ……」

そういってから青ポンは首を傾《かし》げ
「……そやけどアズサ、なんで、そんなアホなことしてんやろ」

といった。

「魔がさしたんやがな」

と倫太郎はいった。

「魔がさすって、どういうことォ？」

青ポンは、のんびりときく。

「なんとなくわからへんか。ふらふらといつもとは違うことをしてしもて、後悔《こうかい》するというのん」

「ああ」

と青ポンはいった。

タケやんが口を入れた。

「けど、これは誰かが、誰かにきくしかしょうのない話やろ」

「それはおまえにいうてもらわんでも、ようわかっとんねん。例えば、アズサに、ほんとのとこどやねんってきけるか？　きいた途端《とたん》にアズサ、泣き出しよんで」

と倫太郎はいった。

「リエは？」

「リエに直接きくんか？」

「うん」

「自分の親にも、理由をいわへんねんで。男の友だちにいうかァ？」

そのへんになるとタケやんも自信がない。それでいった。

「リエと仲の良い女の友だちいうたら誰や」

「カヨやろ」

「カヨにきいてもろたら？」

「それも考えてんけどなあ……」

倫太郎は気乗りしない表情でつぶやいた。

「……どういうたらええかなァ……」

倫太郎は、自分の気持がうまく言い表せない。

「……裁判官がものを調べるのと違うねんで。オレらは、リエがきげんよう学校にいってくれたらいいだけなんやし、アズサは自分のしたことは自分が引き受けなしようがないけど、それで罰《ばつ》受けたり、ヤマゴリラにねちねちやられて、それがなになんねん。いちばん後悔してんのはアズサ自身やろ」

「そやなァ」

とタケやんはいった。

「アズサの秘密はオレらが守ったったらええねん。青ポン、知らん顔、しとったれよ」

「あい、あい、あい」

と青ポンはいった。

「どうすべえか」

倫太郎は妙な言葉づかいをして、どでっと両足を投げ出した。あとの三人も、それぞれ倣《なら》った。

「なんぼくよくよしても、なるようにしかなれへんからなあ」

タケやんはそういってTシャツをまくり、ヘソの垢《あか》を取りはじめた。わざわざ、それを鼻の先へ持っていって
「臭《くさ》ァ」

といった。

倫太郎がタケやんの頭を、どさっと、どついた。

「オレのおまじないや。困ったときは、こうするねん」

とタケやんはいった。

「オレのオヤジ、こんなことというとったで。なんぼくよくよしても、なるようにしかなれへん、というのはええ言葉や、って。近くを見て、くよくよする奴は地獄《じごく》行き、遠くを見て、なるようになると信じている奴は極楽行き、って」

青ポンがたずねた。

「ほな、なんもせえへんということかァ」

タケやんはいった。

「小さく動かず、大きく動け、とオヤジはいうてたけど、オレ、なんのことかわからん」

倫太郎とフランケンは顔を見合わせた。そして、ククク……と含《ふく》み笑いをした。

「なんで笑うねん」

とタケやんはいった。

「そやかて、ウエハラさんはその通り生きとるやないか。小さく動いて、おまえの母ちゃん、ばあちゃんに逆らいよったら、身ィ、持てへんやろ。ウエハラさん、ええこと教えてくれるワ」

フランケンは感心したようにいった。

「ほんま、ほんま。なんかヒントもろたような気分や」

と倫太郎も少し明るい顔になっていった。


倫太郎とリエの家は、わりと近い。

土曜日もリエは学校に姿を見せず、これでリエの登校拒否は五日目になった。

倫太郎はひとり、リエの家に向かった。

チャイムのボタンを押すと、しばらくして章子が顔を見せた。

「あら、倫太郎ちゃん」

さあっと章子は明るい顔になった。二階の方に向かって
「リエ。倫太郎ちゃんが見えたわよぉ」

と、はずんだ声を張り上げた。

しかし、二階から物音はない。

章子は、もう一度、声を出そうとしたが、いいの、いいの、というふうに倫太郎は手を振った。

「今、なにしてたの。小母ちゃんは」

「花に水をやっていたところなの」

「オレ、庭に回っていい？　小母ちゃん、その仕事を続けて」

章子はなにかを察して
「そう。じゃ、そうさせてもらうわ」

と腰を上げた。

章子は花好きで、そう広くもない庭に、いつも四季の花が見られた。よく手入がゆきとどいている。

「この鉢植《はちう》えの花、ブーゲンビリアやろ。南の国の花やのに、ここでも咲くのン？　咲くのン？っていうても、実際、ここに咲いてるな」

章子は少し笑った。

「冬場は、部屋か温室に入れてやらないと枯《か》れてしまうけれど、一度、冬越しに成功すると案外つよいものよ。南の植物は生命力がつよいのよね」

リエはどうしているのだろう。倫太郎がきていることはわかっているはずだ。

「小母ちゃん、学校にはリエの欠席の理由をどう届けているン？」

章子は、それに直接答えず
「倫太郎ちゃん。リエのこと、きいている？」

とたずねた。

「うん。だいたい」

「そう。じゃ、いいわ。もし、こんどのことが長引いたらいけないと思って、途中から、風邪《かぜ》のようです、って一応は届けてあるんだけど」

「ヤマゴリラは、あ、ごめん、西牟田先生は、ここへたずねてきた？」

章子は首を振った。

「友だちは？」

章子は何人かの女友だちの名をあげ
「お見舞いにきてくださったのに、あの子、会おうとしないの」

と少し暗い顔になっていった。

「もともと、そんなに人づきあいのいい方じゃなかったけど、たずねてきたお友だちを自分の気分で帰すような子でもなかったのに」

倫太郎はいった。

「なんや自分に恥《は》ずかしいということもあるかもしれへんな」

「そうねえ。倫太郎ちゃんは人の心がよくわかるのねえ」

「そんなんやないけど……」

「ほんとうの病気じゃないんだから、お友だちに見られて恥ずかしいという気分はあるわね」

「小母ちゃん」

「なに」

「オレ、ちょっとリエに話してきてもいい？」

章子は、えっという顔をした。口ごもっていった。

「……リエはあなたに失礼な振舞いしないかしら」

ああ、と倫太郎はいった。

「オレ、リエの部屋に入らへん。外から声をかけるだけや」

気をつかってもろて、ありがと、と章子はいった。

リエは二階の一部屋を独占している。倫太郎もフランケンも幼いときは、そこでよく遊んだものだ。

ま、いえば勝手知ったる他人の家だ。

倫太郎はトントントンと足音を立てて階段を上がった。

昇《のぼ》り切らないで、半身、廊下《ろうか》に寝《ね》そべる格好で声をかけた。

「リエ。オレや。倫太郎や」

おそらくリエは身を硬くしているのだろう。

「おまえが学校にいかへんのも、人に会わへんのも、おまえの勝手やから、おまえの気のすむようにしたらええ。オレ、おせっかいやかへん。けど一つ、頼《たの》みがあんねん」

リエの声はない。

「あした、荒田《あらた》のグランドで少年野球の試合があんねん。応援《おうえん》にきてんか。知らん顔しとったらええさかい。誰にも、ものいわんでええから。おまえのためというより、オレのためや。そうしてくれたらオレが安心するからな」

リエの全身が、倫太郎の声をきいているに違いない。

「おまえ。〝こいぬ〟ちゅう一年生の子の詩、覚えとるか。雨の中、寒そうにふるえているこいぬを、ぞうきんでふいてやりながらいうやろ。〝つゆのあめは、からだにどくです〟というやつや。おまえ、あれ読んで笑とったやろ。オレは、今、そんな気分や」

それから倫太郎はいった。家にばっかり居《お》ったら体に毒です。

倫太郎は続けた。

「もうちょっと話すぞ。嫌やったら耳、ふさいでてもええぞ」

いつもなら、そんな倫太郎のセリフに、リエは少しえくぼを作って笑うところだ。

「オレ。お前に借りがあんねん。やまんばのとき……」

やまんばは山原先生のあだなだ。山原先生は一年生のときの担任だった。

「……丸や三角を書く勉強してたとき、オレ、外側の丸に、3の数字を両端《りょうはし》にくっつけて猿《さる》の絵にしてやった。おまえ、先生に叱られるゥちゅうて、その絵、消ゴムで必死で消してくれたやろ」

四年も前の話である。

リエは、身を乗り出し倫太郎のノートに書かれた猿の絵を消そうとし、倫太郎はそうさせまいとして争った。

あのとき、リエは泣きべそをかきながら懸命《けんめい》だった。

とうとう山原先生の目に触《ふ》れ、二人は放課後、残され、叱られた。

「やまんばにおこられてしもたけど、別に、おまえは悪いわけやないから、先に帰りなさいといわれたのに、叱られているオレをずっと待っててくれていたもんな。あのときのやりとり、オレ、しっかり覚えてんねん」

リエは、倫太郎の話を、どんな思いできいているのだろう。

「それを覚えてても別にどうちゅうことはないけんどな」

話し続けている自分が少し恥ずかしかったのかもしれない。倫太郎は、そんなことをいった。

「ほな、オレ、帰るで」

倫太郎は、二歩三歩、足を後ろへずらせた。

「荒田のグランドやで。待っとるぞォ」

倫太郎は戸の向こうのリエに、たたきつけるようにいって、ダダダダと階段を下りた。

じき戸が、ほんの少し開き、そこにリエの目があった。

倫太郎は一度も振り向かず、風のようにリエの視界から消えた。

リエの目は長くそこにあった。

犬の吠《ほ》え声がきこえた。

すぐゴルフのボールをくわえるので、倫太郎らがホールインワンと呼んでいるリエの家の飼い犬だ。

「オレや、オレや。倫太郎ちゃんを忘れたらあかんがな」

倫太郎の声が、リエの耳にきこえた。

「小母ちゃん。帰るでェ」

章子がなにかいっている。

リエは窓の方へ体を移し、駆《か》けていく倫太郎の後ろ姿をいつまでも見ていた。

試合の相手は、レッドファイターズだった。キュウタロウというピッチャーは豪腕《ごうわん》で、彼一人で持っているといっていいようなチームだが、不思議にいつも優勝戦線に食いこんでくる。

燃えろ
　燃えろ
真っ赤に燃える
われら　われら
レッド　レッド
ファイターズ
「ファイト」
「ファイト」
「ファイト」

試合の後先で、そんな歌をうたって全員掛《か》け声《ごえ》をかけるので、倫太郎らはすっかりばかにしている。

「全然、センスあらへんやんか」

「あんなしょうもない歌、真面目《まじめ》な顔して、よう、うたいよるワ」

彼らがうたい出すと、倫太郎らもうたい出すのである。

「燃えろぉ燃えろぉ、真っ赤に燃えるぅー、われら、われら、ヘッポコ、ヘッポコ、ヘェータロオー、プー、プー、プー」

ウエハラさんはいう。

「おまえらの歌も、全然、センスない。他人のことがいえるか」

ウエハラさんは少年野球の指導者としては異色だ。もっともウエハラさんは世間の、どこにいても異色だが……。

子どもを怒鳴《どな》り散らし、しごきまくるタイプの監督《かんとく》がいる。説教好きもいる。

「あれは幼児性の現れやな」

とウエハラさんはいったことがある。

練習は厳しいが、後は、子どもを自由に振舞わせる。形式的なことを強制したり、間違《まちが》っても根性論を吐《は》いたりしない。

練習は厳しいかわり、試合中は、ほとんど子どもたちにまかせて口出ししようとしない。実力を出し切れば勝ち負けはいい、とウエハラさんはいう。カッカするのは倫太郎ら、子どもたちの方だ。

倫太郎らがレッドファイターズに敵意を燃やすのは、まったく偶然《ぐうぜん》なのだが倫太郎らのチームの名が、レッドシャークスだからである。

シャークは鮫《さめ》だ。カッコいい。気に入っている。

あんなガタガタのチームに、同じレッドを被《かぶ》せられたのでは腹の虫がおさまらんというのが倫太郎らの本音である。

子どもらは些細《ささい》なことを遊びのエネルギーにするものだ。

レッドファイターズには、実力からして負けるわけはないのだが、しかし、ピッチャーががんばると点はとれない。

トーナメント戦だから、まさかの負けでも、優勝はない。

レッドシャークスは連覇《れんぱ》をめざしていた。

例によって、燃えろ、燃えろの歌をやり出したので倫太郎たちはうんざりした。

「あの歌きくと屁《へ》が出らァ」

レッドシャークスのピッチャー、シンペイはいった。

シンペイは六年生だ。

優勝を争うようなチームは、主力選手をたいてい六年生で固めている。

レッドシャークスは違った。

レギュラー九人のうち、五人まで五年生だった。

倫太郎が自称している鉄壁《てっぺき》の三遊間はサードが倫太郎、ショートはタケやんである。

他の内野はファースト、カズミチ、セカンド、フランケンだった。もう一人の五年生はライトを守るキツロウだ。

他のチームにはない構成である。

補欠に六年生はまだ、ごろごろいる。ウエハラさんにいわせると

「ことしの五年生は出来がよい」

のだそうだ。

自分の子どものタケやんにショートを守らせているから、よほど技量が卓越《たくえつ》していない

と、他人からとやかくいわれるところだ。

鉄壁の三遊間だと自称はしているけれど、他のチームが等しく認める実力だった。

青ポンはキャッチャーの、ツトムはショートの補欠である。

保育園時代からの友だちは他《ほか》に、トシハル、ヒデキ、ミツオなどがいた。

「おまえら、歌ばっかりがんばってどないすんねん。試合で気張らんかれェ！」

シンペイは大声で、相手を挑発《ちょうはつ》した。

キュウタロウが、じろっとこちらを見た。キュウタロウは高校生並みの体をしている。いつもは倫太郎もいっしょになって、野次《やじ》を飛ばすところなのだが、このときはちょっとようすが違った。

みんなの調子に合わせようとしないで、ちらっ、ちらっとスタンドの方へ目をやっている。

プレーボールが宣せられた。

レッドシャークスは後攻《あとぜ》めだった。

いきなり強烈《きょうれつ》なサードゴロが、線上へ飛んだ。

逆シングルで、そのボールは倫太郎のグラブに納まった、と誰《だれ》も思った。

ボールは大きく弾《はじ》かれて、三塁《るい》側のベンチの前へ転がった。

もちろんランナーは生きた。

「オリャ、オリャ、オリャアー！」

「どうしたどうした倫太郎ォ！」

「鉄壁の三遊間が泣くぞ！」

「ドすかたん」

関西の下町の子は口が悪い。レッドファイターズの連中は、ここを先途《せんど》と倫太郎を野次り倒《たお》した。

「くそ」

倫太郎は小さく吐き捨てた。

（どうしたんじゃ。倫太郎ちゃんともあろうもんが……）

倫太郎は、自分に向かってつぶやいた。

あのバウンドなら、この位置だ、と体が覚えていたからそうしたのに、それがミスだった。

なぜだ？　と瞬間、それを意識したのは、さすが倫太郎だった。

（隙《すき》があるぞ）

その隙が、どこからきているのか、倫太郎にはわかっていた。

倫太郎は気を引き締《し》めた。

「よし。こい」

自分を励《はげ》ました。

ふたたび三遊間に球が飛んだ。相手は狙《ねら》ってきているようだった。

ショートタケやんの守備範囲だと思ったが、倫太郎の体はもう左に走っていた。地面を掃《は》くようにして華麗《かれい》に球をすくいあげると、二塁ベースで待ち構えていたフランケンヘトスした。

フランケンはノーモーションで速い球を一塁に送った。

見事な併殺《へいさつ》だった。

カズミチ、タケやん、フランケン、倫太郎とボールが回り

「ヤッ」

と四人、気合を掛け合った。

「タケミ。すまん」

倫太郎は出過ぎた自分のプレーをわびた。

「ええわい、ええわい」

とタケやんはいった。倫太郎の気持は、タケやんに十分わかっている。

「こらァ。もういっぺん野次ってみィ！」

倫太郎はレッドファイターズのベンチに向かって怒鳴った。

「オレさまの名前を呼び捨てにした奴、後からしばいたるから覚えとけ」

野球の試合か、けんかかわからない。

次の打者は簡単に、平凡なレフトフライに討ち取られて、レッドファイターズの攻撃は終わった。

「はじめから、ガンガンいけよ」

シンペイが、ベンチのみなに、はっぱをかけた。

「倫ちゃん、さっきのプレー、イレギュラーか」

シンペイも倫太郎のエラーが信じられないようだ。

「弘法《こうぼう》にも筆の誤り」

倫太郎はしゃあしゃあと答えた。

「隙あるぜ」

ウエハラさんがいった。ウエハラさんの目はごまかせない。

「うん」

倫太郎は素直にうなずいた。

もうスタンドの方は見ないようにしようと思っている倫太郎ではあったが、ベンチまで下がってくると、ついついそちらの方へ目をやってしまう。

そこに、リエの姿はなかった。

がっかりしている自分を、倫太郎は嫌《いや》でも意識する。

リエとのことは、フランケンにもタケやんにも誰にも話していなかった。

「はじめからガンガンきよるのは、あっちの方やな」

六年生でセンターを守っているマサヤがピッチャーの投球を見ていった。

「キュウタロウの奴《やつ》、妙に張り切ってるやないの」

シンペイもいった。

「気合、入っとるぞ。ひとりで勝ちにくるつもりやな」

ウエハラさんはいう。

トップバッターのタケやんは三振、次のレフトを守る六年生ヒロトはピッチャーゴロだった。

「くそったれ」

ピッチャーだが強打者でもあるシンペイは、そういってバッターボックスに入った。

一球目、ボール。二球目はアウトサイド一杯のストライク。球は走っている。

三球目、度胸よくストレートで、きた。

シンペイのバットが回った。

球にスピードが乗っていてホップ気味だった。シンペイの腕力《わんりょく》で、打った球は前へは飛んだが、ふらふらした頼《たよ》りないセカンドフライだった。

レッドファイターズはピッチャーはいいが、あとは技量に、ばらつきがある。

セカンドに上がったフライは、猛烈《もうれつ》に回転している。しっかり握《にぎ》れば、取れたボールを、相手はいったんグラブに納めたものの、ポロリと前に落としてしまった。

駆けこんでシンペイは危《あや》うくセーフ。

倫太郎に打順が回ってきた。

倫太郎はバットを短めに持った。調子の良さそうなキュウタロウを見て、確実にヒットを狙う姿勢だ。
一球目、ストレートがきた。きわどいところでボール。
(この野郎)
倫太郎はつぶやいた。
(気負うな、気負うな。キュウタロウの作戦や)
二球目は、のけ反《ぞ》るような胸元すれすれの球だった。
心理的に揺《ゆ》さぶりをかけているのが、倫太郎にははっきりわかった。
(落ちつけよ、倫太郎ちゃん。その手に乗るかよ、キュウタロウめ。次が勝負球や)
倫太郎はひょいひょいひょいと左右に腰を振って見せた。
逆に挑発した。
キュウタロウは大きなワインドアップ。変化球を投げてくるな、と倫太郎は読んだ。
左足を一歩踏みこみ、鋭くバットを振った。
打球は三塁線上を矢のように走った。
三塁手が行動を起こす間もなかった。
「抜けた、抜けた!」
「シンペイ、走れ、走れ!」
「三塁、三塁」
ベンチの連中は手を回し大声を上げた。

シンペイは三塁を落とし、倫太郎は二塁まで進んだ。

「倫太郎くゥーん。カッコいいィ！」

黄色い声を上げる者がいる。

女子大生の慧子だった。彼女は倫太郎に向けて大きく手を振った。

「あんなん、来んでもええのにナ……」

フランケンはぼやいている。弟の自分を声援しようとしないで、倫太郎にばかり手を振る慧子を失礼な奴と思っているのだろう。

「ブルーサタンが応援にきたら試合、勝つぞ」

タケやんは、うれしそうな顔をした。

試合はたいてい勝っているから慧子がきても来なくても関係はないのだが、タケやんのかわいい思いこみなのである。

きょうばかりは慧子より、リエにきてもらいたい倫太郎だった。

しかし、愛想に、ひょいと右手を挙げて、一応彼女に敬意を表した。

見せ場はそれだけだった。

五番打者のマサヤは三球三振で、二者残塁、得点はならなかった。

「残念。倫太郎くん、こんどはホームランにしなさいよ」

ベンチに戻ってきた倫太郎に気楽なことを慧子はいう。

「オレ、打つから」

タケやんがアッピールした。

「武美くん。さっき三振したでしょ」

「あ、見てた?」

「見てたわよ」

「こんどホームラン打つから、それまで見ててよ」

「いいわ。がんばって」

「うん」

ウエハラさんが憮然《ぶぜん》としていった。

「うちの武美は、慧子はんがくると嫌に張り切るな」

血は争えないのである。

ピッチャー一人で勝ちにきよる、といったウエハラさんの言葉は当たっていた。

その日、キュウタロウは抜群《ばつぐん》の出来だった。変化球がさえ、スピードのある鋭い球をどんどん投げてきた。

七回まで、レッドシャークスの安打は四打。いずれも散発だった。

もっとも被安打も同数で、両者無得点のまま試合は進んだ。

ホームランを慧子に約束したタケやんは、かわいそうに力み過ぎ、オール三振で、ウエハラさんにフォームを矯正《きようせい》されていた。

「武美くん。ヒットでいいの。ワンヒット」

タケやんは慧子に値段を下げられた。

八回裏、幸運にも一番に打順が回ってきた。タケやんにとって名誉挽回《めいよばんかい》のチャンスだ。

タケやんはバットを短く持って構えた。

キュウタロウの球威《きゅうい》は衰《おとろ》えていない。一球目、見逃して、ワンストライクを取られた。

二球目、ボール。三球目、変化球だった。タケやんはバットを振った。

ボテボテのゴロが一塁線上を転がり、一塁ベースの手前で、ボールは外へ出た。ファールだ。

「タケミィ、当たる、当たる」

「よっしゃ。タケミィ、自信持っていけ」

ベンチは騒然。

ウエハラさんだけは
「押されてる。バットをもっと短く持って鋭《するど》く振れ」

と大声で指示した。

タケやんはバットのグリップの位置を変えた。目が鋭くなる。

四球目、キュウタロウはストレートをど真ん中へ投げてきた。タケやんは見逃さなかった。

強烈なゴロがセカンドに飛んだ。

「わっ」

しかし、真正面だった。

思わず上がった歓声が、ため息に変わった。

球の勢いが強かったのだろう。がっちり取ったと思われた瞬間、野手はファンブルした。弾かれた球を追った。ようやくつかんだ球を一塁へ送った。

審判《しんぱん》の手が水平に開かれた。

「やったァ！」

「セーフ、セーフ！」

タケやんは足が速いからよかったものの間一髪《かんいっぱつ》、セーフだった。

無死だ。

レッドシャークスは勢いこんだ。

バッターボックスに歩むヒロトをウエハラさんは呼び止め、何か耳打ちをした。そんな指示をするのはめずらしいことだった。

ヒロトはキュウタロウの投げる球をよく見ていた。

ねばったあげく四球を選んだ。

「ええぞォ！」

「その調子、その調子」

レッドシャークスのベンチは沸《わ》いた。

一打、勝ち越し点だ。バッターは三番シンペイである。

さすがレッドファイターズの面々は緊張《きんちょう》した。監督はタイムを取った。伝令が飛んだ。

キュウタロウのところへ、みな集まり、なにやら話し合っている。キュウタロウは二、三の選手に肩をぽんぽんとたたかれた。

ゲーム再開。

シンペイは改めてバッターボックスに向かった。

倫太郎は素振りをくれ、ウエイティングサークルに入る。

さらに素振りを続けて、二度、三度、体をねじた。

あれ、と思った。

リエがいる。慧子と並んで腰を下ろし、なにか話している。

倫太郎は屈伸《くっしん》運動をするふりをして、体をスタンドの方へ向けた。

ちらっと盗み見する。リエだ。間違いない。

（そうか。あいつ、来よったんか、そうか……）

……こんな時間に姿を見せたのは、今までどうしようか迷っていたのに違いない。そして、やっぱりやってきたんだ。

倫太郎は自分の行動が無駄《むだ》にならなかったことに満足した。

（よっおし。一丁、カッ飛ばしたるぞ）

力が湧《わ》いた。

シンペイは、ツースリーまで粘《ねば》った。

一発、あわやというホームラン性の当りがあり、ファールとはいえ、好調を維持《いじ》している ようだった。

シンペイは四度、ファールを続けた。投げ続けるキュウタロウもさすがだ。

九球目。

打った。ファーストが横飛びに飛ぶ。

抜けた。抜けた。

「わあ!」

「やったあ!」

「走れ、走れ!」

タケやんは駆けた。三塁ベースを踏む。スピードは落ちない。タケやん、駆けた。

ホームベースだ。

ライトが、バックホームの球を送った。

「タケミィ! スライディング、スライディング」

「タケミィ!」

「タケミィ、突っこめぇ」

レッドシャークスは、みな、総出《そうで》だ。

キャッチャーが返球を受け止めた。タケやんは猛然と滑《すべ》りこんだ。

砂煙《すなけむり》が上がる。

セーフか、アウトか。

主審の右手は真っすぐ天をさした。

タケやんはがっくりだ。しばらく起き上がってこなかった。

歓声を上げているのは、レッドファイターズのベンチ側だ。

きわどい差である。

こんな場合、不利な判定を受けた側は、往々にしてアッピールしたがるものだが、レッドシャークスは誰一人、それをやらない。

ボロは着てても心は錦《にしき》……という歌の好きなウエハラさんの男気に、子どもたちは添うているのである。

この間にヒロトは三塁、シンペイは二塁に進んでいた。

「タケミ。おまえの判断、間違ってえへん。運がなかっただけや」

タケやんを助け起こすとき、倫太郎はそういった。

「倫ちゃん、頼む」

「うん。まかせとけ」

おまえに頼まれんでも、ここは、どうしても一発、いてこましたるぞ、と倫太郎は胸の内でつぶやいた。

キュウタロウは先の本塁憤死《ふんし》で気をよくしていた。

一球目、ちらっと二塁走者を見、のびのびしたモーションから低めのぎりぎりのゾーンへ投げこんできた。

ぴくりと倫太郎の手が動いたが、バットは回らなかった。

しばらくして
「ストライク」

と主審は叫んだ。

(オッサン、迷いよったな、くそっ……)

……迷うんだったらボールにしとけ、と口に出かかったが、倫太郎はぐっとこらえた。

素振りを二つして、さ、いくぞとキュウタロウをにらんだ。

(こんどは近めか)

あんのじょう、肩の辺りを狙って投げてきた。

危うく避けたが、そのとき回ったバットにボールが当たった。

「こらァ。キュウタロウ！」

思わず倫太郎は怒鳴った。

キュウタロウは不敵な笑みを浮かべ動じなかった。

たちまちツーストライクだ。

三球目、キュウタロウは倫太郎をばかにしたように、山なりの超スローボールを投げた。

「こんちくしょう」

倫太郎は完全に頭に血がのぼってしまった。

キュウタロウは計算し尽《つ》くしていた。

グラブの中でボールを弄《もてあそ》んでいるように見せておいて、突然、ほとんどノーモーションで、速い球をインサイドに投げこんだのである。

「あっ」

倫太郎は短い声を発した。

間髪《かんはつ》を入れず
「ストラックアウト」

主審の澄《す》んだ声が無情に響《ひび》いた。

「あーあー」

倫太郎は天を仰《あお》いだ。

四球で三振。おまけに見逃しだ。

倫太郎は大地をバットで二度たたき、頭から地に伏《ふ》した。

「ミ、ジュ、ク。サイテェー……」

倫太郎は呻《うめ》いた。

（リエの前で……）

何も見えなかった。

（ブルーサタンも見ているのに……）

(悔《くや》しいか、倫太郎)

どこからか、そんな声がきこえてくるような気がした。

ようやく気を取り直し倫太郎は立ち上がった。取り乱したことを詫《わ》びるように、主審に一礼して駆けた。

「すまん」

誰にともなくいい、倫太郎はベンチのシートにどさんと体を投げた。

ウエハラさんは戦況《せんきょう》に目をやりながら、なんでもない口調で倫太郎にいった。

「読まれたな、倫ちゃん」

「うん」

「無心には、なかなか近づけんやろ」

「近づけん」

「まだまだ修行《しゅぎょう》の余地があると思うたらええ」

「全然、修行が足らん」

「そう思えたら、それでいい、それでいい」

とウエハラさんはいった。

倫太郎の気持を察して、周りの子どもたちは声をかけなかった。

「わっ」

と歓声《かんせい》が上がった。

マサヤがセンターオーバーの大飛球を打ったのだ。

「やったあ!」

センターは必死でボールを追い、最後、ジャンプしたが、およばなかった。

球は転々ところがった。

シンペイは悠々《ゆうゆう》とホームベースを踏《ふ》んだ。

ウエハラさんは倫太郎にいった。

「キュウタロウは、おまえを討ち取って、ほっとしたんやな。キュウタロウも、まだ修行がいるわけや。きょうのヒーローもあしたはどうなるかわからん。人間、死ぬまでべんきょう。昔の人はうまいこといいよる」


それから一時間ほど後、倫太郎たちはあんちゃんの店にいた。

子どもの本の店『いえでぼうや』は、日曜日、いちばん本の売れる日で忙《いそが》しいのだ。

「ええ試合やってんとな。オレ、見にいきたかったナ」

あんちゃんは残念そうにいった。

「倫太郎がこってりやられた歴史的な試合に立ち会われへんかったとはナ……」

おおげさなことをいって倫太郎をからかっている。

「いつもヒーローがカッコいいっていうのはしらけるやないの。意外性のある方がいいと思うよ」

慧子は倫太郎を庇《かば》った。

その場所にいるのは、倫太郎、フランケン、タケやん、青ポン、それに慧子とリエである。

他に、あんちゃんと店の人がいた。

「『いえでぼうや』のチーズケーキをおごったげるよ」

といって慧子が誘《さそ》った。

倫太郎は、きょうの試合がいかにもカッコ悪かったことと、今のリエを、みなに会わすのは気がすすまないことから、この誘いを断ろうとした。

少し説明がいるのだが、本屋だけでは経営が危ないと思ったあんちゃんは、倉庫にしていた部屋《へや》を改良して、ちょっと洒落《しゃれ》たティールームにした。

園子先生の友だちで、独身のシノさんが手伝うことになった。シノさんは三十六歳の気さくで明るい人だった。ケーキも焼けるし料理も上手で、彼女の手造りチーズケーキというのが評判を呼んだ。

慧子は、それをごちそうするというのだ。

「オレ、ちょっと……」

と倫太郎は口ごもった。

「ちょっとってなによ。きょうはもうなにもすることないんでしょう。久し振りじゃない。リエちゃんもいきましょう」

リエも、もじもじした。

「いこ、いこ。試合も勝ったことやし」

タケやんだけ張り切っている。

倫太郎はフランケンの服の袖《そで》を引っぱって、みなから少し距離《きょり》をとった。

「おまえ。ブルーサタンにリエのこと、ほら、あいつが学校にいってないことを話してんのか」

フランケンは首を振った。

ここ、ずっと顔を合わしていないから……とフランケンは答えた。

「じゃ、なんか魂胆《こんたん》があるわけやないねんな」

と倫太郎はつぶやいた。

ユニホームのままなので、倫太郎たちはいったん家へ帰り着替《きが》えをすませた後、あとを追うことにした。

倫太郎はほっとした。

慧子とリエの姿が見えなくなると倫太郎はいった。

「リエに、なんやかや、きくなよ」

青ポンはいった。

「リエはなんで野球を観《み》にきたんや」

「オレが頼んだんや」

倫太郎はきのうの一部始終を三人に話した。

「そうかあ」

青ポンの声の響きの中に、倫太郎の気持を汲《く》みとったという思いがこもっていた。

「知らん顔しといたるのがいちばんええんや」

「オレもそう思うワ」

とフランケンもいった。

「うん」

とタケやんがうなずき、青ポンも
「そやなあ」

といった。

「けど、なんでリエは学校にきやへんのかなあ」

青ポンは首を傾げた。

「リエがおらへんかったら、なんか足らんみたいやろ」

リエがいないと、なにか足りない、という気持はみな同じだった。

「うん」

「うん」

「うん」

それで三人、同じようにうなずいた。

「アズサとけんかしたというとったけど、そんなことくらいで、学校来るのん嫌なるかァ？」

青ポンの疑問は、三人とも同じだ。

「リエは友だちにいじめられているということあるのン？」

「ないやろなァ、たぶん」

とフランケンはいった。

「ヤマゴリラが原因ということはないのン？」

青ポンは鋭いところを突いたわけだが、リエとヤマゴリラの関係に、そんな節《ふし》があるとは、そのとき誰も考えることはできなかった。

「リエはヤマゴリラに逆らわへんやないか」

とタケやんはいった。

「そうでもないで。倫ちゃんを庇って、けっこうずけずけ、ものいうてんで。ヤマゴリラに」

とフランケンはいった。

しかし、リエとヤマゴリラとのことは、それ以上、話はすすまなかった。

結局、あんちゃんのとこへいっても、リエをそっとしておいてやろうという合意だけは、四人のあいだにできたのであった。

コーヒーのいい匂《にお》いが漂《ただよ》っている。

「みな、チーズケーキでいい？」

慧子はたずねた。

「オレ、チーズケーキでないやつ。ほら、ブルーなんとかいうたやつ、ほら、ほら」

あつかましくタケやんはいった。

フランケンがからかった。

「ブルーサタンケーキ」

みな、笑った。リエも笑った。

（あれ？）

と倫太郎は思った。

（リエが笑った）

なんだか心のうちに、ぽっと灯《ひ》の点《とも》ったような気分になった。それは他人に知られたくない、なにか少し恥ずかしいような感情だった。

「ほら。ブルーなんとかケーキというのがあったやろ」

カウンターの向こうで、シノさんは笑いながらいった。

「ブルーベリーケーキでしょ」

「そうそう。オレ、そのブルーベリーケーキ」

タケやんはにたっと笑った。

「飲み物はなににする？」

青ポンの心配性《しんぱいしょう》が顔をのぞかせた。

「飲み物もおごってくれるのン？」

「ケーキだけ食べるの？」

逆に慧子にきき返された。

「ほんとにおごってくれるの？　チーズケーキは百五十円もするから……」

青ポンは指を折って勘定《かんじょう》している。

「気にしない気にしない。やせるよ。豊くん」

「ほな、もっと気にせえ」

とフランケンはいった。

子どもたちは紅茶やココアを注文した。

「あんちゃんはあかんで。あんちゃんはブルーサタンにおごってもらう資格ないで」

タケやんがいった。

「なんでや。おごってもらうのに資格がいるんか」

「野球に勝ったお祝いやさかいナ。な、倫ちゃん」

「そや。あんちゃんは自分で金出せ。タダ食いはあかんぞ」

倫太郎も冷たい。

「ほな、リエは」

「リエは応援したやないか」

倫太郎はシノさんに

「あんちゃんは水だけ」

といった。

シノさんはフフフと笑った。

「そらないやろ」

あんちゃんは未練がましいのだった。

「達郎さんもおごったげる」

慧子は笑っていった。

「なにかおもしろい新しい本、きてるぅ。『いえでぼうや』にくるのは久し振り」

慧子は飲み物のできる時間を利用して、本を探すために隣りの部屋へいった。

「小母ちゃん。ケーキ、先に食べたらあかン?」

タケやんは待《ま》ち兼《か》ねている。

「はいはい。もうすぐできますよ。じゃリエちゃん、お使い立てして悪いけど、このカウンターのケーキをテーブルまで運んでくださる?」

リエは

「はい」

といって席を立った。

そこで倫太郎たちの努力や気配りが、まるで水泡《すいほう》に帰《き》すようなことが起こったのだ。リエは、最初にチーズケーキをあんちゃんの前に置いた。

「あんがと」

といって受け取ったまではいいが、まるで世間話かなんかするように
「リエ。おまえ、このごろ学校へいってえへんねんてな。なんでや。なんか理由あンのか」

と、いった。

リエは凍《こお》りついたような表情になり、倫太郎たちの顔がこわばった。

倫太郎はテーブルの下から、思い切りあんちゃんの足を蹴《け》り上げた。

「ア痛ァ、なにすんねん」

黙《だま》って倫太郎は、もう一発、こんどは、押すようにして蹴った。

「すかたん。無神経」

押し殺した声で倫太郎はあんちゃんにいった。

他の三人もこわい顔をしている。リエはうつむいている。

さすが、その徒《ただ》ならぬ雰囲気《ふんいき》から、あんちゃんはなにか察した。

「あ？　うん？」

とかなんとかいってごまかそうとした。

「学校いかんでも死ぬかァ」

悪態《あくたい》をつくようにいって
「リエ、気にすんな」

とリエの方を見た。リエは立ったままだ。

「あんちゃん、あかんわァ」

青ポンがのっそりいった。

せっかくリエは笑顔まで見せていたのに——。

シノさんも何事か察したようだ。明るい声で
「リエちゃん。おつぎのケーキ、運んで」

と、さらっといった。

リエはうつむいたままだったが、それでも、いわれた通り体を動かした。

倫太郎は一つ、大きな息をした。

倫太郎は立っていって、あんちゃんの髪《かみ》に手を突《つ》っこみ
「おりゃおりゃおりゃおりゃおりゃあ……」

といって無茶苦茶掻《か》き回した。

あんちゃんはたちまち怒れるヤマアラシになってしまった。

たまらずタケやんとフランケンが笑い、青ポンもシノさんも吹き出した。

リエは。

リエはほんの少し目に涙をため、そしてやっぱり、ほんの少し笑みをこぼしているのだ

った。

慧子が部屋へ戻ってきた。

「なに？」

あんちゃんの頭を見て驚いた。ぷっと吹き出した。

「なにしてるの」

「お仕置や」

「達郎さん、なにか悪いことをしたの」

「悪いことばっかりしてんの。このあんちゃんは」

二人、また、ふざけているのだろうと慧子は思ったようだ。

「まあまあ仲のいいこと」

と、いった。

そんなことより……という感じで慧子は、急《せ》きこんだように、あんちゃんにたずねた。

「絵本の部屋に飾《かざ》ってあるシーラカンス、殿村龍太郎さんの作品じゃないの？」

「そうやけど……なに」

「え、どうして？　どうして？」

「ちょっとの間、貸してもらってんねん」

「それはわかるけど、どうして達郎さんの所に殿村さんの作品があるの」

「ああ、そのこと」

先に、フランケンが口を出した。

「姉ちゃん。殿村さん知ってんのン？」

「知ってるわよ。殿村さんの家にいったことだってあるんだから」

「え」

とフランケンは驚いた。

「なんで？　どこで殿村さんを知ったんや」

「満こそ、どうして殿村さんを知ってるの」

話が、ややこしくなった。

「前に姉ちゃんに話したことあるやろ。峰倉さんとこの〝なんでも学校〟で、おもしろいおもちゃを作る人がいるって」

「おもちゃっていうから、ぴんとこなかったんダ。あ、そう。その人が殿村さんだったの」

「そう」

「そういえば殿村さん、あちこちへいって子どもといっしょにカラクリンを作ってるっていってたわ」

「姉ちゃんはなんで殿村さんと知り合いになったのか説明してよ」

「わたし、西宮に住んでいるモダン・アートの絵描きさんのとこへ、ときどきいってるでしょ」

「盛遠永定《もりとうながまさ》は世界的な画家やろ」

「あら。あなた、よく知ってんのね」

「なんでも知ってんの。満ちゃんは」

　フランケンは威張った。

「そのお友だちが殿村さんで、盛遠さんもけっこうおかしな人やけど、殿村さんは、もっとおかしな人」

「うん、わかる、わかる」

　四人、口をそろえていった。

「リエちゃんはいなかったけど、このメンバーで、家で学校の先生の店卸《たなおろ》ししたことあったでしょう」

「えー、そんなことあったかナ」

「夕張《ゆうばり》メロンを食べながら……」

「覚えてる！」

　いちばんにタケやんが声を上げた。覚えているのは、夕張メロンの味だけだろう。

「学校の先生は靴《くつ》をぬがせて下駄《げた》ばきにさせないといけないというはなし。学校の先生は退屈というクツをはいてるでしょ。その上、窮屈《きゅうくつ》というクツもはいてる」

「思い出した」

　と倫太郎は大きな声でいった。フランケンもうなずいて

「そのくせ屁理屈《へりくつ》ばっかりいう」

と追加した。

「そう。屁理屈というクッもぬがさないと」

倫太郎は続けた。

「校長や教育委員会にだけ、ぺこぺこして卑屈《ひくつ》。そういうふうに屈折しているのがガッコの先生」

横できいていたシノさんが

「まあまあ」

といって笑った。

リエは黙ってきいている。

「それ、おもろいな。傑作《けっさく》やんけ」

と、あんちゃん。

「退屈、窮屈、屁理屈、卑屈、屈折というクッは、みな、ぬがさなダメだといったのは、実は殿村さんなの。殿村さんにそんな話をきかされて、わたしがそれを、あなたたちに紹介《しょうかい》したというわけ」

「なんやそうやったん。殿村さんのいいそうなことやなあ」

フランケンは納得《なっとく》した。

学校の教師にとって、きわめて厳しい批判だが、あの、ほんわかした調子で、これをしゃべられると、ずいぶん毒が抜《ぬ》けるのであろう。

「オレは峰倉さんに龍太郎さんを紹介してもろて、一目で好きになったというわけや」

「一目ボレ？」

青ポンがきく。

「そや。一目ボレや」

あんちゃんは胸を張っていった。

「あのシーラカンス、よく貸してもらえたわね。達郎さんも、殿村さんによほど気に入られたのよ」

「あ、そうなのォ」

「殿村さんは小品は別にして、自分の作品は絶対に売らないもの」

「ほな、どないして食べてんのン？」

タケやんは心配した。

「デパートや銀行や空港のウインドーディスプレーに作品を貸し出す契約《けいやく》をして暮らしを立てているみたいよ」

タケやんは、また、たずねた。

「お金持？　貧乏？」

「さァ。どっちでもないんじゃない」

「好きなことしかしないっていうてたから、貧乏」

フランケンは断定的にいった。

「そんなこと気にとめていないんじゃないの。そういう人よ。殿村さんって」

そういう人やなァ……と彼を知っている者は誰も思うのである。

「お金持か、貧乏か、どっちかも知ってえへんと思うワ」

これは青ポンの感想である。

「リエは、その殿村さんの作ったシーラカンス、見たァ」

倫太郎はリエにたずねた。

リエはうなずいた。

「電動なんやけど、動くとこ、見たか」

「ううん」

とリエはいった。

「見な、ソンや。あんちゃん、リエに見せたりィ」

よっしゃ、とあんちゃんはいって立った。

髪、直せ、と倫太郎はいった。

「おォーまえがやったんやろが」

あんちゃんは倫太郎の頭を、どさっとぶった。

ヒヒヒと倫太郎は笑っている。

どじなあんちゃんのせいで、一大事になるところだった。なんとか切り抜けた安堵《あんど》感《かん》が、倫太郎の気分を明るくしていた。

みなでシーラカンスの飾ってある絵本の部屋へいった。

ティールームから出るとき、タケやんは
「このケーキ、まだ食べるんやから置いといてよ」

といって、みなに笑われた。

「誰も食べへん食べへん。おまえの食い残しなんて」

あんちゃんは呆《あき》れたようにいった。

空飛ぶシーラカンスは、いつ見ても見事だった。

あんちゃんがスイッチを入れると、悠然《ゆうぜん》とはばたきはじめた。


ふたたびティールームに、みな、戻ってきた。

「ケーキ、ケーキ」

とタケやんはいった。食い意地が張っているのだ。

「あのシーラカンスの仲間が部屋中に飾ってあるの。すごいよ、殿村さんの家は」

慧子はいった。

「部屋の明かりを消すの。お魚たちに、色とりどりの照明が微《かす》かに当たって神秘的なの。深海にゆっくりお魚たちが泳いでいるって感じ」

殿村さんの家にいってみたいなァと、みな思った。

「シーラカンスのおなかの中がカラッポなのが素敵《すてき》と思う」

とリエが感想をもらした。

「おまえも、そう思う？　殿村さんはそれが自慢やねん。なんでも風通しをよくせなあかんって」

倫太郎が教えた。

タケやんが引き取った。

「そや。リエ。ええこと教えたるワ。なんでも、あかんねん、あかんねんはあかんって殿村さんいうとる。あかんねんは、みんなエエねんに置きかえるんやて」

「そうそう……」

こんどはフランケンが言葉を引き継《ひつ》ぐ。

「……けんか早い奴は発散できてエエねんとか、ものごとにだらしのない奴は、まわりのモンはぴりぴりせんからエエねんとか、そんなふうに風通しよく考えたらどうですか、と殿村さんはいうわけや。ええ考えやろ」

リエは一瞬《いっしゅん》、びっくりしたような顔をした。それから目を一つのところに止め、考えるふうだった。

「殿村さん、いうとったでェ。風の吹くまま、気のむくままァ……」

青ポンも、ゆっくりそれをいった。

タケやんはブルーベリーケーキを食べ終えたようだ。話はしっかりきいていたとみえる。

「みなで、殿村さんの家へいかへン？」

タケやんは思いつきをいった。

「殿村さんやったら、おいで、というかわからへんで。ごちそうしてくれるかも」

みんな、じろりとタケやんを見た。

「うん、ま、ごちそうはええけど……」

と、ばつの悪そうな顔をした。

「お願いしてみてあげようか」

慧子は真面目な顔でいった。

「ほんとォ？」

みな、いっせいに声を上げた。

「リエ。いくゥ？」

倫太郎は、リエに問うた。

リエはしばらく考え、こくっと首を折った。


倫太郎は、ほっとした。

「オレ、きょう一人で先に帰るぞォ」

というなり、なにかを振り切るように、ダダダダ……と駆け、倫太郎は学校を後にした。

五年生の終わり頃ともなると、その成長に微妙《びみよう》な変化が出る。

倫太郎たちのグループは、金魚のウンコ、と呼ばれるほど、仲間意識が強く、行動を共にすることが多いのに、いつかその囲いから、ひょいと外れているという現象が、まま、起こるようになった。

しかし、それは子どもたち個々が、つよく意識するようなものではなく、その行動自体お互いの成長を意味したから、ごく自然なものとしてそれぞれが受け入れているふうだった。

タケやんの隠密《おんみつ》な行動と、周りの認識などが、その事例だろう。

倫太郎が一人で帰ろうとしたのは、今、抱《いだ》いている感情を、そっとしていたかったからである。

あるやさしさの感情は、なにか磁性のように、また別のやさしさを生むようだ。

倫太郎の足が止まった先は、駄菓子《だがし》屋のババアの店だった。

「ババアぁ。居るかァ」

倫太郎は、奥へ向かって大声を出した。反応はない。

「ババア、死んだか」

倫太郎は憎《にく》まれ口をたたきながら、いざって奥の間へいった。

おふみばあさんは臥《ふ》せっていた。

「なんや。眠《ねむ》っとるんか」

倫太郎はつぶやく。

最近のおふみばあさんは、どこが悪いというわけでもないのに、よく床《とこ》に臥せるようになった。

倫太郎たちが「ブレイモノ」と、あだなで呼んでいた頑固《がんこ》じいさんが死んでから、おふみばあさんはめっきり気が弱くなった。

ときどき、倫太郎の前でも
「早くおじいさんのとこへいきたいよう」

というのである。

「ババアが死んだら、シュウちゃんがかわいそうやろが」

倫太郎がそういうと、おふみばあさんは、ほろほろ泣いた。

「ごめん、ごめん」

その都度《つど》、倫太郎は謝らなくてはならない。

「ああー倫太郎ちゃんかい」

ふと目を覚まし、おふみばあさんは細い声を出した。

「店、誰も居らへんで。不用心やないか」

「あの子に頼んでましたのに……」

おふみばあさんは、のろのろ起き上がろうとした。

「起きんでもええ、起きんでもええ」

倫太郎は、おふみばあさんの肩に手をやった。

「寝とき、寝ときィ。オレ、帰るとき、シュウちゃんを呼んできたるさかい」

「そうかい。ありがと」

おふみばあさんは素直に従った。

「昼めし食うたか、ババア」

おふみばあさんは首を横に振った。

「めし食わなあかんやろが……。ほんまにしようがないなァ……」

倫太郎は台所に立っていた。

お湯をわかした。陶器《とうき》のカップを出し、みずやから黒糖を取り出し数個入れた。

冷蔵庫を開けて、ごそごそしていたと思ったら生姜《しょうが》を出してきた。

しぼり汁《じる》を作り、カップに入れてお湯を注いだ。

スプーンでかきまぜているところへ、シュウちゃんが戻ってきた。

「シュウちゃん、どこへいってたんや」

「ワシ、どこもいってえへん」

「店、カラッポやったぞ」

「あ、ちょっと隣りへ、ものを取りにいってたんやあ」

あいかわらずシュウちゃんはのんびりしている。

「できた」

倫太郎はいった。

「これ、飲みィ」

おふみばあさんに突き出した。

「倫太郎ちゃんはやさしいのう」

「そういうてくれるのはババアだけや」

そんなことおまへん、といいながら、おふみばあさんは体を起こした。

倫太郎のこしらえた黒糖汁を、おふみばあさんは両手を添《そ》え、ありがたそうに飲んだ。

「倫太郎ちゃんの作ったこれが、いちばんおいしいよう」

「ほな、シュウちゃんの作ったのは、二番目か」

おふみばあさんは、ホホホと笑った。

「シュウちゃん。ババアに、ご飯、ちゃんと食べさせなあかんで」

「ワシ、食べさせとる」

「昼めし、食ってないというとったぞ」

「食べるのを忘れとるんやわあ」

「それをシュウちゃんが、ちゃんとせなあかんやないか」

「うん。ちゃんとする」

シュウちゃんは、何歳になっても素直なのである。

駄菓子屋は流行《はや》らなくなり、ババアの店はだんだんさびしくなっていく。

倫太郎の仲間たちも、むかしほどには店にこなくなっていた。

シュウちゃんの自転車屋も、ほとんど開店休業のありさまだった。

それは倫太郎にとってもさびしいことであったが、そう感じている倫太郎自身、ババアの店の駄菓子をほとんど食べなくなっている。

人は、思いだけではどうしようもないことがある。

ババアの店には、ものの哀《あわ》れと、いとおしいものを、同時に倫太郎は感じているようだった。

「倫太郎ちゃんは、なにか、きょうは元気がいいねえ」

おふみばあさんはいった。

「いいことあったのかえ」

「まあ、な」

と倫太郎はいい
「人生、いろいろあるのんよ」

と生意気なことをいった。

おふみばあさんはまた、ホホホと笑った。

「ほな、オレ帰る」

「そうかえ。ありがとうね」

おふみばあさんはやさしいまなざしで倫太郎を見ていった。

「あら、きょうは早いのね」

倫太郎の姿を見て芽衣はいった。

「早よ帰ってきたら文句あんのんか。オバハン」

言葉づかいだけはゴロツキのような倫太郎だった。

「あんた、結婚してもおヨメさんに、そういう口の利き方をするの」

「そら、そのときになってみなわかりまへん」

倫太郎はおどけた。

「よほど出来た人でなかったら、あんたの奥さんは務まらないわね」

「オバハンがなにいいたいのか、オレ、わかるぞ」

「なによ」

「わたしみたいな人でなかったら、倫ちゃんのヨメはんは無理ね、といいたいんやろ」

「あら、あなた、わかってるの」

芽衣は、しゃあしゃあといった。

「オバハンの根性くらい丸見えじゃ」

「じゃその丸見えのところで、わたしが今、なにを思っているか当ててみて」

「あほか」

と倫太郎はいった。

「なにがあほか、なのよ」

「ああいえば、こういうくせに。その手に乗るか」

と倫太郎は逃げた。

「ま、いいかっ」

芽衣は明るくいった。

「倫ちゃん。そこへ座ッなさいよ」

「なんや」

「あなた、いいとこあるわね」

「なんやオバハン。気持悪いナ」

「お母さん、あなたにごほうびあげるワ」

いらん、いらん、と倫太郎はいった。

「オバハンにほめてもらうようなこと、なんもしてない」

取り合わないで芽衣はいった。

「リエちゃん、きょう、学校にいったでしょう?」

「なんでオバハンが、それ知ってんねん」

「リエちゃんのお母さんが、わざわざ報告にきてくれたの。涙ぐんではったよ」

「……」

「あなたのおかげだって……」

「オレは、なんもしてえへんしてえへん」

「あなた、土曜日にリエちゃんの家へいってくれたんでしょ」

倫太郎は黙っている。

「リエちゃんに、なに話したの」

「オレは、リエに会ってえへん」

「向き合ったかどうかは知らないけど、リエちゃんに話をしたんでしょ」

「話なんかしてない」

「でも、なにかいったんでしょう？」

「いわなあかんの」

倫太郎は白い目をして芽衣を見た。

「あかんことはないけど教えてほしいの」

女はいちいちうるさいな、と倫太郎はぶつくさいった。

「野球の試合を見にきてくれと頼んだだけや」

「それはきいたわ。リエちゃん、荒田のグランドへいって、それから、あんちゃんのお店へ回ったんでしょ」

「そうや」

「それだけ？」

「それだけや」

「そんなはずないでしょう?」

オバハン、ええかげんにしいや、と倫太郎はいった。

「そんなはずないでしょういうたかて、そんなはずがあったんやから、しょうがないやろ」

漫才《まんざい》の掛け合いみたいになった。

「一週間近くも学校を休んでいて、それから学校にいくというのは、よほどの決心か、心が動かないと、いけるもんじゃないわよ」

「あ、そう」

と倫太郎はいった。

「茶化《ちゃか》さないでよ。リエちゃんの心を動かしたのはなになのか知りたいの」

倫太郎はハナクソをほじった。

芽衣は倫太郎の膝をぴしゃんとたたいた。

「なんでそんなこと知りたいんや。リエは学校にきたんや。それでいいやないか」

「それはそうだけど……でも……」

芽衣は口ごもった。

「前にいうたやろ。おせっかいはあかんのや。おせっかいと親切の境目は誰にもわからへんのや。結局は。そやったら人の気持はそっとしておいてやるよりしょうがないやろ。大人のくせに、そんなこともわからへんのか」

倫太郎はいった。

芽衣は考えた。

「リエちゃんの気持を知るのは、わたしらの安心の為《ため》だけやろか……」

「リエの気持は、リエにしかわからへん」

倫太郎はきっぱりいった。

「ちょっと考えてみて」

芽衣はすがるようにいった。

「リエちゃんが学校にいけなかった理由を知って、それを取り除いてあげないと根本的な解決にならへんのとちがうの」

全然、わかってえへんな、と倫太郎はいった。

「こんなオカン持って、子は不幸や」

芽衣は真顔になった。

すかさず倫太郎はいった。

「取り除くのはリエ自身や」

芽衣は息を吐いた。長く——。

しばらくして芽衣は、つぶやくようにいった。

「あなたのいうのが、ほんとうかも知れないわね……」

……負うた子に教えられてるのかしら、と芽衣は考え考えいった。

「そうそう。どこの家でも、だいたい親があほや」

と倫太郎。

「なにいってんの。えらそうに」

芽衣は倫太郎のおでこを、ついと突いた。

「でも、お母さん、うれしい。リエちゃんが学校にいったときいただけで、こんなに、うれしい気持になるんだもの」

「そんでええねん。ごちゃごちゃいわんと、うれし、と思てるだけでええねんや」

芽衣はいった。

「そうねえ。やっぱりきょうは倫ちゃんにごほうびあげる。なんでもいいなさい」

「ほな、お言葉に甘《あま》えたるワ」

倫太郎は、どこまでも憎らしくくる。

「三百グラムのビフテキ」

ときどきいく近所のレストランのジャンボステーキの目方が、三百グラムなのである。

芽衣はいった。

「リエちゃんの前で三振したから二百グラム」

そら、ないワ、と倫太郎はいった。

リエが、ふたたび登校をはじめて、三日経《た》った。

倫太郎は、それとなく観察していたのだが、リエのようすに特に変わったところは見られず、このまま無事に過ぎていくだろうという気持に、疑いを持つことはなかった。

リエとアズサが話している光景は目にしなかったが、だからといって、出会うと、ぷいと顔を背けるというふうでもなかった。

ところが、倫太郎らにとって、また、わけのわからない事態が起こったのだ。

こんどは、アズサが学校にこなくなったのだ。

一日、二日は病気かもしれない、と無理に思ってもみたが、三日、四日と経つと、さすが倫太郎らはそのことを話題にせざるを得なかった。

「どういうこっちゃ」

「なんや、わけわからへんやないか」

陰《かげ》で、そんなことを言い合ったが、リエと違って、倫太郎たちの仲間は、誰一人、アズサとつき合いがない。

今までの経過から、リエに

「これはどういうことや」

ときくわけにもいかない。

ヤマゴリラはなにもいわない。

変わったことといえば、アズサが姿を見せなくなってから、リエの表情が厳しくなったことだ。

日曜日をはさんでアズサの欠席が六日目にもなったとき、その夕方、倫太郎は芽衣から、リエのようすをきかされた。

「リエちゃん、このごろ、毎日、学校の帰りが遅いそうよ。残ってなにかやってるの」

いいや、知らんでェ、と倫太郎は答えた。

そんなことをきかされると、どうしてもリエのようすが気になってしまう。

放課後、リエはさっさと勉強道具をまとめ、足早に学校を後にしていった。

なにか目的があって、どこかへいく、というような感じだった。

その日、倫太郎は青ポンを誘って例の四人で下校した。

「次から次へ、オレらのクラス、なんか変やで」

と倫太郎はいった。

「ヤマゴリラ、あいつ、なにしてんねん」

あれこれ話しながら倫太郎たちは歩いた。

そして、よくよく日、そのヤマゴリラは妙なことをいったのである。

「明日、この前、配った学級文集を全員、持ってきてくれ」

倫太郎は、フランケンと顔を見合わせた。

よく日、教室にアズサの姿があった。

(なんやこれは、どういうことや)

倫太郎は心の中で思う。

一時間目、国語の時間の終わりごろ、ヤマゴリラはいった。

「文集を持ってきてくれたな。出して八ページを開けなさい」

みな、ぞろぞろページを繰《く》った。

例の詩が印刷されてある。

　父と母
父がひげをそると、
「さっぱりした。
きれいだろう。
ほれぼれするだろう。」という。
母がいるところで、
母にきかせるようにいう。
そしてニッコリわらうのは、
いつも母だ。

ヤマゴリラはいった。

「まず先生が、みなに、特に、河島リエと奥野アズサに謝らなくてはならない」

そういってヤマゴリラは、十センチくらい頭を下げた。

「説明すると、この詩は、ずっと以前、内田安紀子《あきこ》さんという六年生の子が書いた作品だ。この詩と同じようすが、奥野アズサの家でもあり、ついこの詩を、自分の詩として出してしまったというわけだ」

アズサの方を見た子が、たくさんいた。

倫太郎とフランケンは顔を動かさなかった。

アズサは唇《くちびる》をきゅっと噛《か》み、なにか思いつめたように、じっと前方を見ている。

「奥野」

とヤマゴリラは促《うなが》すように声をかけた。

奥野アズサは立った。

「こんなことをしてしまってごめんなさい」

頭を下げた。

顔を上げたとき、目に一杯《いっぱい》、涙をためていた。

伊勢原ミユキがえんりょ勝ちに、そっと音を立てないように拍手した。

ミユキはテストのとき、誤解から隣りの席の遠藤エミが、自分の答案用紙をのぞきこんだといってしまって、つらい思いをした体験がある。

アズサの気持がわかるのだろう。

ミユキの動作を真似《まね》た子がかなりいた。

天野敬太《あまのけいた》という子が手を挙げた。

「奥野アズサさんのことはわかったけど、河島リエさんは、なぜですか」

ヤマゴリラはちゅうちょした。

「それは、ちょっとかんべんしてくれないか」

はい、とリエは手を挙げ、きっぱりいった。

「いってもらってかまいません」

「そうか」

とヤマゴリラはいった。

「河島はこの詩はRという出版社の〝子どもの詩の本〟の中に載《の》っているということをいいにきてくれたんだ」

それからヤマゴリラはちょっと上気し、あわてたようにいった。

「告げ口じゃないぞ。告げ口になるかどうか、河島はすごく悩《なや》んだんだ」

倫太郎は首を傾げた。

それが理由でリエが学校を休んだとは、とても思えない。

別に、なにかわけがあるんじゃないのか。倫太郎の目が疑っていた。

「はい」

フランケンが手を挙げた。

「どうして先生が、ぼくらに謝るのか、その理由をいってほしい」

「そう、そう」

と倫太郎は、かなり大きな声でいった。

ヤマゴリラは、二度ほど咳払《せきばら》いした。

「この詩を、教えている先生が知らないで、教わっている子どもの方が知っていたというのは恥ずかしい。勉強不足だった」

タケやんが小さな声で野次った。

「勉強不足じゃないっつうの。勉強してないっつうの」

さいわいヤマゴリラの耳に入らなかった。

ヤマゴリラは言葉を続けた。

「こんどのことで河島も、奥野もずいぶん悩んだようだ。何一つ相談に乗ってやれなかったことが残念だ。教師として申し訳ないと思うので、みんなに詫びたんだ」

フランケンは、さらに追及した。

「子どもが何日も学校を休んだら、どうしてだろうと子どもの家へいかないんですか」

「それはいろいろなケースがあるだろ」

「どんなケース?」

「ま、いろいろある」

答になってないやないか、とフランケンはかなり露骨《ろこつ》にいった。

「河島さんの場合はどうだったんか答えてください」

ヤマゴリラは不快な顔をした。子どもに問いつめられていること自体、腹立たしいという感情がありありと出ていた。

「河島の場合は風邪《かぜ》らしいから続けて休むという連絡《れんらく》があったんだ」

「でも河島さんは風邪じゃなかったんだよ」

「…………」

「早く河島さんの家にいっていたら相談に乗ることができたんでしょ。それをしないで、相談に乗ってやれなかったことが残念だといったって、そんなの口先だけと誰でも思うよ」

きわめてしんらつなことをフランケンはずけずけいった。こんどの事件の怒《いか》りを一挙にヤマゴリラにぶちまけているようだった。

この日のせめてもの救いは、ヤマゴリラが自制心を失って、大きな声を出さなかったことだ。

殿村龍太郎さんの家へいく打ち合わせをしたいから、家へきてほしいという連絡が、慧子から倫太郎にきた。

「なんや、打ち合わせせいうて、おおげさやナ」

そういいながら、倫太郎は出かけた。

タケやんと青ポンが先にきていた。

あんちゃんは忙しくて時間がとれず、みんなで決めたことは、なんでも従う、と電話があったそうだ。

やがてリエも姿を見せた。

「土曜日からきて泊《とま》っていったらいいいって殿村さん、いうてはったよ」

慧子はいった。

「キャッホー」

タケやんは奇声《きせい》をあげた。

「それはいいけど、殿村さん、お酒飲みなんよ。相手させられたらどうするの」

「ぼくらも飲むン？」

「飲むゥ？」

慧子は青ポンをからかっていった。

青ポンは心配そうな顔をした。

「おまえ、あほやな。なに考えとんや」

と倫太郎。

「殿村さん、いい酒？　悪い酒？」

フランケンがきいた。

「いいお酒だと思うよ。にこにこして、とぼけたことばっかりいってるけど」

「ほな、ええやん」

フランケンは安心した。

そこへ紅茶を持って、潤子が入ってきた。

「お揃《そろ》いね」

と、微笑《ほほえ》んだ。

「きょうはみな、ここで、お夕飯食べていきなさいよ」

「ほんとォ？」

タケやんは目を輝《かがや》かせた。

「お鍋《なべ》でもいい？」

「オレ、お鍋大好き」

「おまえはなんでも好きやろが」

と倫太郎。

「そうしなさいね。後で、おうちに電話をしておいてあげるから」

潤子はそういって部屋を出た。

「きょうは、ええ日や」

晴々とタケやんはいった。倫太郎は白い目でタケやんを見た。

時間のことや持ち物、お金をかけないで、なにか手土産《てみやげ》を持っていく話などした。その話が一通り終わった。

慧子はリエを見ていった。

「リエちゃん。あなた、大変だったんだってねえ」

倫太郎は
（あ、そうか）

と思った。

打ち合わせ、というのは表向きで、ほんとうはリエを慰《なぐさ》めるために、この時間を持ったのか。

倫太郎はフランケンの顔を見た。

「わたし、まるで知らなかったの。母と満から話をきいてびっくりした」

慧子はいった。リエはちょっと目を伏《ふ》せた。

「でも、よかったわねぇ。先生、謝ってくれたんでしょ？」

「ちょっとォ……」

とフランケンはその言葉を正しかけたが、先にリエがいった。

「だけど、あの先生、全部はほんとうのことというてないもん」

（やっぱり）

と倫太郎は思った。

みな、リエの顔を見た。

「どういうことなの、リエちゃん。よかったら話してくれる？」

リエは小さくうなずいた。

「誰にも話す気持はなかったんだけど……」

慧子はうなずく。

「……みんな、すごく、わたしのことを心配してくれていることがわかって……」

「ああ、この人たちね」

と慧子は倫太郎たちを見た。

リエはうなずいて
「……わたし、ひとりぼっちじゃないと思って……そうだったら……そんな人たちに、黙っていると逆に悪いと思って」

といいながら、真っすぐ慧子の目を見た。

「お母さんにも、みんな話したの」

「そう。それはよかった」

慧子はやさしくいった。

「はじめからいうと……」

倫太郎たちは身を乗り出すようなあんばいになった。

「……わたし、宿題を集める係だったでしょ」

「そないいうたら、あの詩、宿題やった」

フランケンはいった。

ヤマゴリラの場合、作文や詩は、おおかた宿題なのだった。

「アズサちゃんの書いたものを見ようと思って見たんじゃない。アズサちゃんのをいちばん上に置いたから、つい目が、それを読んだの」

「そうだったの」

「わたし、あの詩、前に読んで知ってたから、どきっとした。それから、ずっと胸がどきどきしてた。だからわたし、すぐに先生のとこへ持っていかないで、それを持って、いっぺん自分の席へ戻ったの。どうしよう、どうしようと、胸がきゅうと痛くなった。わたし、アズサちゃんのとこへいって、〝これ、別のにしたら〟といったの」

フランケンが深呼吸するような大きな息をした。

「どういうたン？　アズサは」

急《せ》きこむように倫太郎はたずねた。

「あんたに、なんでそんなこといわれなあかんのって」

「…………」

青ポンがいった。

「そのとき、アズサにどうして、ほんとのことをいわなかったン？」

「いえなかったの。後から考えたら、その場で正直にいうべきだったんだけど、なにかとてもこわくて……それで……いえなかったの」

「それを人にいわれたら、アズサ、傷つくもんナ。リエに、そのとき、そんな気持があったんちゃうのん」

と倫太郎はいった。

「そうねえ……」

と慧子はうなずいた。

「こわかったの。その詩を持っているのが……。それで、あわてたように、先生の机の上に置いてきた」

「そのときには、あの詩が文集に載るということは、リエ、知らへんからな」

倫太郎はいった。

文集はヤマゴリラの気分でいつも突然《とつぜん》、作られる。文集が作られ、みなに手渡《てわた》されて、そこからリエの苦悩《くのう》が深まったことは誰にも容易に想像できた。

「……いつか、わかることと思うと……そのときのアズサちゃんを思うとつらかったの」

(リエが思いつめていたのは、あのころか)

あのとき、倫太郎が話しかけても、上の空というか、とりつく島もなかった。

なにかあるなと予感したときだ。


リエは悩んだ末、決心をして職員室へいった。

ヤマゴリラはテストの採点をしていた。

「すみません」

「なんだ」

ヤマゴリラはちらっとリエの顔を見、手を休めずにいった。

「先生にきいてほしいことがあって……」

やっと、そういったが、そのときリエはのどはからからに渇《かわ》き、足は小刻みに震《ふる》えていた。

「誰もいないところで……」

リエがそういうと、ヤマゴリラははじめて仕事の手を置いた。

「わかった。なにか大事なことらしいな」

ちょうど校長室が空いていた。

そこでリエは一部始終を話した。

その詩の載っている本も、ヤマゴリラに見せた。

リエは懸命《けんめい》に思いをこめていった。

「先生。アズサちゃんを叱《しか》らないでください」

ヤマゴリラは少し考えた。

「先生がアズサちゃんを叱ったら、わたしは、告げ口をしたことになります。そんなの絶対嫌《いや》ダ。先生。どうしたらいいか考えてください。叱らないで考えてください」

「うーん」

とヤマゴリラは小さく呻《うめ》いた。

しばらくして

「よし、わかった」

といった。

なにがわかったのか、リエは不安だった。そんな目になった。

「奥野を叱らない。約束する。奥野を呼んでよく気持をきいてみる。それでどうだろう」

リエはうなずいた。

リエがヤマゴリラに呼ばれたのは、それから二日後である。

「奥野と話し合ってみたよ。彼女は、こんなことをいってるんだが、どうなんだい」

リエは気持を引きしめた。

「河島から別の作品を出したら、といわれてよく考えたというんだ」

よく考えた、というところは違うのに……とリエは思う。

「別の作品といってもすぐにはできないし、今ないわけだから、というと、河島は、後から取《と》り替《か》えてもらったら、と助言してくれた、と。そうだったのか」

嘘《うそ》だ！

リエは、一瞬、頭がくらくらした。

リエはアズサを叱らないで、とヤマゴリラに頼《たの》んだ。それはアズサに落ち着いて冷静に自分のしたことを考えてほしい、というリエの願いがこめられていたはずだ。

そこをヤマゴリラは理解しなくてはならなかった。

よくないことをしたのだと、身にしみて感じているのはアズサ自身だ。

担任に呼ばれ、それをきかれ、冷静になれるわけがない。

まずはアズサの、その固くなっている気持をほぐすような接し方をヤマゴリラはしたのだろうか。

追いつめられて嘘をつく。それは誰にもある。

いくら利発な子とはいえ、リエは、まだ十一歳の子どもだ。

ヤマゴリラとアズサの、そのときの関係を、そんなふうに客観的にとらえることは、とてもできなかった。

裏切られた！　ひどいことをいう！

リエが、なかば逆上したとしても、それを誰も咎《とが》めることはできないであろう。

見る見るリエの目に、涙《なみだ》がたまった。

このとき、ヤマゴリラは、リエの、言葉にしようとしても言葉にならない声をきく努力をするべきであった。

ヤマゴリラの口から出たことばは、ひどくリエの心を傷つけてしまった。

「どうだ、河島。ここは一つ、こんどのことをおまえの胸の内に納めてやってくれないか。大きな気持を持って、そうしてやってくれないか」

リエは心のうちで鋭《するど》く叫《さけ》んだ。

（じゃ、わたしはどうなるの！　わたしの気持はどうなるの！）

胸が、かっと熱くなり、それは、のどへ上がり頭の先へ駆《か》け上がっていった。

（大きな気持
大きな気持
大きな気持
大きな気持
………）

エコーのように、その言葉が、リエの頭の中でわんわん響《ひび》いた。

作品のことが、みなに知れたら……とリエは奥野アズサのことを心配して行動してきたのである。

どうしよう、どうしたらいいの、と担任に訴《うった》えたのに、返ってきたのは、そんなことだった。

リエは絶望した。

「もう、いい！」

リエは叫んだ。リエは血を吐《は》いて、そう叫んだのだ。

みな、ふうーと大きなため息を吐《つ》いた。

リエが、なぜ、学校にいこうとしなかったのか。今は、誰にも、よくわかるのである。

リエはいった。

「こんどそれをお母さんに話したら、お母さんもいっしょに泣いてくれたの……」

みな、しーんとしてしまった。

「……なんにもいわないで」

「そう」

慧子は小さくいった。

倫太郎もフランケンも、そしてタケやんも青ポンも、しばらく黙《だま》っていた。

そうすることでリエの気持に添《そ》うていた。

しばらくして、青ポンはゆっくりいった。

「ヤマゴリラは、なんでそんなことをいうてんやろ。ヤマゴリラは、アズサをひいきにしとんかァ。リエがそのことを秘密にしてやっても、いつか、ばれるのに、そんなことをしても、なんにもならへんやんかあ」

青ポンは、きわめてまともなことをいっている。

まるで問題の解決に、なっていないことが、子どもにわかって、教師にはわかっていないということになる。

「先生のすることじゃないわ。その先生、西牟田先生っていった？」

「ヤマゴリラ」

とタケやんは怒鳴《どな》るようにいった。

「じゃ、そのヤマゴリラ先生……」

と慧子がいいかけているのに、タケやんは

「先生はいらん」

と、つれなくいった。タケやんの腹立ちだろう。

「その先生、やっぱり、どうしようもないクツをいっぱいはいている人なんダ。そういう先生を下駄《げた》ばきにさせるのはたいへん」

と慧子はいった。

「長ぐつをはいてんねん」

フランケンは味なことをいった。

「そういう先生でも、先生は先生というのがつらいじゃない。少しでも変わってもらわないと」

「ヤマゴリラ、変わるかなあ」

青ポンはのんびりいった。

「あんたたちと接していたら、少しは変わるんじゃないの。心がけ次第《しだい》では」

「どういうことォ」

フランケンがたずねた。

「あんたたちの気持をちゃんと見つめさえしたら、そんなに恐《こわ》い先生になれるわけないじゃない」

タケやんはなにか思いついて
「そやなァ……」

といった。

「……リエは自分勝手に拗《す》ねて、学校へいかんかったんと違うもんな。アズサのことを思って、いろいろ悩んでたんやもん。それがわかったら、誰でも、リエにやさしくしたくなる」

とタケやんはいった。

「そう。武美くん、いいことというね。満、この前、あの先生、このごろ、あまり暴力振《ふ》るわんようになったナっていってなかった？」

「うん、まぁ、な」

とフランケンはいった。

「ダメなところはダメというのは当然だけど、全部、ずっと先もダメと決めつけないようにしなさいよ」

暴走しかねないガキ共の性格を、慧子はちゃんと見抜《みぬ》いている。

年長者らしい気配りをしめした。

慧子はリエにたずねた。

「リエちゃん。学校にいく気になったのはどうして？　学校にいかなくなった気持はよくわかったけど」

「いちばん最初は、倫太郎ちゃんが家にきてくれたから」

リエは、少し小さな声で答えた。

「そのこと、きいたわ。倫太郎くん、なにいったの?」

倫太郎はあわてた。

「なんにもいうてえへん、いうてえへん」

リエは困ったように、倫太郎を見た。

「もう、ご飯にしよう、ご飯にしよう。ごちそうしてくれるんやろ」

あわてている倫太郎を、慧子はおかしそうに見た。

「倫太郎くん、照れてる」

少しひやかし気味にいった。

「リエちゃん、話して」

慧子は促した。

「そんなにたくさんの時間じゃないのだけど……」

「そう、そう、そう。野球の試合、見にきやへんかと誘《さそ》っただけや。それだけ、それだけ」

と倫太郎はいった。

「それだけじゃないけど……」

リエは正直である。

「いって。いって」

慧子はせがんだ。

「どういうたン？」

青ポンまで興味をしめす。

フランケンとタケやんはにやにやしている。

「扉《とびら》の向こうから声をかけてくれたの。でも、それ、うれしかった」

少し恥ずかしそうに、リエはいった。

「わかるわ。そういうとき、顔を見られるのは誰でも嫌だもん」

「倫太郎ちゃん、おまえの好きなようにしたらいいって、いってくれた。はじめに。おせっかいは、やかへんって」

「倫太郎くんらしいナ」

「それから野球、見においでって、いってくれたの」

もうォ……それでいいやん。それだけ、と倫太郎は横でいった。

「倫太郎くん、ばかね。そんなことをいったら、もっと他《ほか》に、なにかいったことがわかってしまうじゃないの。倫太郎くんは黙ってなさい。わたしはリエちゃんにきいているんだから」

慧子は冷たいのだった。

たまりかねて倫太郎はいった。

「オレ、小母《おば》ちゃんと話してこよっと」

そうしてきなさい、そうしてきなさい、と慧子は追い立てるようにいった。

倫太郎は逃《に》げ出していった。

もちろん、フランケン、タケやん、青ポンはその場に残っている。

「さ、もう倫太郎ちゃんはいないから、えんりょしないで」

と慧子はリエを促した。

「いちばんうれしかったことは、倫太郎ちゃんが、〝家にばっかり居たら体に毒です〟というてくれたこと」

心なしかリエの声はのびやかになった。

「なんや、それ」

とフランケンはきいた。

「ミツルちゃんも知ってると思うけど、ずっと前、峰倉さんに、これ、おもしろいよといって貸してもらって、まわし読みした全日本児童詩集という本があったでしょう」

「ああ、めちゃくちゃ古い本な。黄色くなってた」

フランケンは覚えていた。

「あの本に載っていた詩で、わたし、好きだったから覚えているけど、〝こいぬ〟という詩、あったでしょ」

「どンなんやったかナ」

リエは、その詩を口にした。

「あめの中で

こいぬが、
　さぶそうにふるえていた
　わたしは、
　ぞうきんでふいてやった
『つゆのあめは、
　からだにどくです』」
……確か、中川しん子さんという名前の子ォやったと思うけど……とリエは、つけ加えた。
あ、あった、あった、とフランケンはいった。
その本を、まわし読みしたとき、青ポンもいた。青ポンも、うん、うんとうなずいた。
「かわいいナ」
とタケやんはいった。
「わたし、その詩を読んでフフと笑っていたら、倫太郎ちゃんが、なんや、といってのぞきこんだので、ちょっと、そこだけ読ませてあげたことがあるの。倫太郎ちゃんも笑ってたけど」
「詩って、もともと、そんなやさしいものなのにねえ……」
と慧子はいった。
その、もともとやさしい詩で大変、苦労させられたリエを、慧子はいたわったのだろう。

「そのときの話をして、倫太郎ちゃんは〝家にばっかり居たら体に毒です〟というたの。おふざけみたいにいったけど、わたし、泣きそうになった」

みな、少し、しゅんとなった。

「倫太郎ちゃん、一人でしゃべってた。一年生のとき、山原先生にいっしょに叱られた話やら……」

「リエはずっと黙っとったン？」

青ポンがきいた。

リエはうなずいた。

「ふーん」

と青ポンはいった。

扉に向かって、一人しゃべっている倫太郎を、みな、想像した。

倫ちゃん、いろいろ考えとったんやなァと、フランケンはしんみりいった。

「うん」

とタケやんもうなずいた。

フランケンは、リエにいった。

「オレが倫ちゃんに、あの詩、アズサの書いた詩と違う、っていうてしもてん。倫ちゃんもオレらも、ほんとうのことがわからへんから、心配はしてたけど……」

「ごめんなさい」

とリエはいった。

「野球の試合を観て、あんちゃんのお店へいって、殿村龍太郎さんの話をしてくれたでしょう。倫太郎ちゃんと同じように、みな、すごく心配してくれていることを知って、うれしかったの」

「そうよ、リエちゃん。うちの満も、わけのわからん子やけど……」

「余分じゃ。そんなこと」

とフランケンはいった。

「……武美くんも豊くんも、みな、リエちゃんのこと、心配してるのよ」

「ごめんなさい」

とリエは、また、いった。

「倫太郎ちゃんが三振したでしょ。でも、うれしかった」

倫太郎の三振も、タケやんの三振も、フランケンのノーヒットも、リエには、みな、うれしいのだった。

力み過ぎて、そうなったことがリエにもわかる。

もっとも、タケやんの場合は、その何割かは、ブルーサタンこと慧子の分であるが。

「もう、オレの話はすんだかァ」

倫太郎が姿を現した。

「小母ちゃんが、話が終わったら、少し早いけど食事にしようって、いうてんで」

「ダメ。まだよ」

と慧子はいった。

「もうオレの話はせんといてよ」

といって倫太郎はソファーに腰《こし》を下ろした。

「リエちゃんが学校にいく気になったのは、そんな友だちの気持がわかったからね」

リエはうなずいた。

「でも……」

「でも……って」

「わたしが学校へいけるようになって、アズサちゃんが休んでしまったら、なんにもならないもん」

「ま、そりゃそうだけど、アズサちゃんはどうして学校へこなくなったのかしら」

「よくはわからない」

とリエはいった。

「もう今は、二人で話ができるようになったから、いつか、そのときの気持を話してくれると思うけど、アズサちゃんもつらかったと思う。ずっと、考えていたと思うの」

慧子は、そんなことをいうリエを、じっと見た。

ひどい裏切りを受けたという感情を、そのままにしないで、彼女は自分を変える努力をしたようだ。今の言葉は、相手を思いやっている言葉だ。その間、どういう心の動き、行動があったのだろう、と慧子は思った。

「アズサちゃんもリエちゃんと同じような経過をたどるわけよね。学校へこなくなる。でも思い直して、ふたたび姿を見せ、元の生活に戻《もど》った。そうよね。なぜ？」

リエは、すぐに口を開かない。

「リエちゃんには、その理由がわかってるの？」

「ま……」

と、リエはもじもじした。

「いいたくないんだったらいいよ」

慧子は明るくいった。

「いいたくないということはないんだけど……」

「……」

「自分のことも話さなくてはならないもんナ」

リエはつぶやくようにいった。

倫太郎は口を入れた。

「おまえ、よくいうよ。オレのことは話しておいてやでェ」

リエは倫太郎をちょっと見た。

「じゃ、話そかナ……」

「話せ、話せ」

と倫太郎はいった。

「……でも、恥《は》ずかしいナ」

リエは、まだ、ためらっていた。

「アズサちゃんが休み出したら、わたし、また胸が痛くなって、どうしよう、どうしようと思いつめて……」

そのときのことを思い出したのかリエはうつむいた。

「気がつくと、アズサちゃんの家の前に立っていたの」

面を上げながら、リエはいった。

慧子は、うんうんとうなずいた。

「やっぱり、リエちゃん、あなた、えらい。倫太郎くんらからもらったものを独《ひと》り占《じ》めにしないでアズサちゃんにわけてあげようとしたんダ」

「そんなことを思ってしたことじゃないけど」

「思ってしたことじゃないから、いっそうすごいじゃないの」

「たまらない気持だったことは、ほんとうだけど……」

フランケンはいった。

「ねえちゃんのいうとおりや。やっぱり、リエはえらい。オレらやったら、相手の家の前に立ったら必ずいうもんな。ボケ、カス、すかたん、死ねェ」

フランケンは慧子に、頭を思い切りぶたれた。

奥野アズサの家は遠い。学校から三十分ほどかかる。

反対の方向にあるリエの家からとなると歩いて四十分の道程になる。

アズサの前に姿を見せたのは予想通り、アズサの母親だった。

リエを覚えていて、あらっ、といった。

「アズサちゃんは……」

とリエがいいかけると
「おなか痛いだなんていってるけど、どうだか」

と笑いながらいった。

リエは、やっぱりと思ったり、母親が深刻そうでもなかったので、ほっとしたりもした。

「アズサぁ」

彼女は奥へ声をかけた。返事はなかった。一度、部屋へ入って、ふたたび戻ってきた彼女の顔はくもっていた。

「ごめんなさいね。わがままな子で……」

リエは察して
「小母ちゃん、いいの。また、くる」

といって、さっと、きびすを返した。

それから、リエの日参がはじまった。

アズサの母親の反応が、自分の親と同じようだと思い、リエは苦しかった。

「リエさん。これ、どういうこと？　学校でなにかあったんでしょ。あなた、知っていないの」

リエは首を振る。それは死んでもいえない。いつかアズサ自身の口から語られるまで。

四日目、リエは頼んだ。

「小母ちゃん。扉の外からでいいから、アズサちゃんに話をさせてくれませんか」

「ほんと？　ありがとう」

ワラをもつかみたい気持でいた母親は、よろこんでリエを部屋に入れた。

しかし、リエは倫太郎のようには話せない。

「アズサちゃん。毎日きてごめんね。なんにもならないことをしてごめんね。アズサちゃんのためじゃなくて自分のために、ここへきているみたいで……ごめんね」

そういって、ただ帰るだけのリエだった。

アズサが自分の部屋の戸を自ら開けたのは、七日目である。

戸を開けるためには立ったのであろうが、リエが見たアズサは幼児のようにへたりこみ、目を真っ赤に泣きはらしている姿だった。

リエが、その前に座ると、アズサは小刻みに肩を震わせ、また泣いた。

リエの目から、たちまち涙があふれ、声を殺し、リエは呻くように、アズサとともに泣きつづけた。

みな、しばらく黙りこんでいた。

話しているリエの目は赤くなっていた。

「リエちゃんとアズサちゃんは、ほとんどなにも話していないのに、ふたりの気持は通じたのね。しっかりとね。すごいなァ、人って」

慧子はいった。

リエはうなずいて
「そうと思う。わたし、なんにもいわなかったけど、アズサちゃんは自分の決心を、西牟田先生に告げたんだもん」

(そうか。それで、ヤマゴリラは文集を持ってこいって、オレらにいうたんやな)

倫太郎らは思った。

「いくら先生が謝っても、リエちゃんやアズサちゃんらの厳しさには、とても、かなわないのよね。先生、しっかりしてほしい」

慧子はいった。

潤子が姿を見せた。

慧子の声は、子どもたちの声でもある。

「おはなし、まだ続くの？　支度《したく》はできたけれど」

どう？　お食事にするゥ、と慧子は子どもたちにきいた。

「はい、はい」

タケやんは、いい返事をした。

「じゃ、みんな、ダイニングの方へ移ってちょうだい」

移動しながら、慧子は潤子にいった。

「ママ。後から話してあげるけど、この子ら、すごいよ。ほんとに」

「そう。満は、そんなお友だちを持ってしあわせね」

と潤子はいった。

「両方、両方」

とフランケンはいった。

「なにが両方なのよ」

と慧子。

「友だちに苦労もさせられとるねん。な、倫ちゃん」

「ま、な」

と倫太郎はいった。

「迷惑《めいわく》をかけてるのは、あんた、でしょ」

フランケンは慧子にやられた。

「あら、そうかしら」

フランケンはふざけていった。

「お肉とお魚の、二種類のお鍋《なべ》を用意しときましたよ」

テーブルの上に載っているごちそうを見て、タケやんはうわずった。

「小母ちゃん、お鍋でもって、いうたけど、メチャ豪勢《ごうせい》やんか。お肉も魚も食べたらあかん？」

「どうぞ、どうぞ」

潤子は笑っていった。


あんなに楽しみにしていた殿村龍太郎さんの家へいく日、あいにく雨になり、殿村さんの家に着くころ、土砂降りになってしまった。

みな、ほうほうの態《てい》で、殿村さんの家に駆《か》けこんだ。

「なんだ、こりゃ。ひどい雨や。ついてないなァ」

ぬれた服を拭《ぬぐ》いながら、あんちゃんはグチをこぼした。

さっそく殿村さんにやられた。

「なにいうてまんねん。自然には自然の都合というもんがありますやろ。雨降っても、おおきに。晴れても、おおきに。そういう気持で暮らさなあかんあかんあかん」

あんちゃんは、へえ、へえ、といった。

みな、笑った。

殿村さんの家は、むかしの古い家だった。

戸障子《としょうじ》がガタピシしていた。

知っている慧子は別として、みな、ちょっと複雑な気持なのだった。

あのシーラカンスのようなすごい作品を作る人は、やっぱり、すごい家に住んでいてアトリエなんかを持っているのだろうという思いや、いや、この家こそ殿村さんらしいと思う気持が交差しているのだ。

あんのじょう、タケやんがきいた。

「殿村さん」

「なんでっか」

「アトリエどこ。ないのン？」

ここ、ここ、と殿村さんは、今いるところを指さした。

「そこ、部屋や」

「そや。ここで暮らしてんねん。暮らすということは、仕事して、めし食って、寝《ね》る、ちゅうことやろ。そんな仕事場とかアトリエとか淋《さび》しい場所を作ってどないしまんねん」

殿村さん節《ぶし》が出た。

「ほんとは貧乏《びんぼう》なんやろ」

タケやんはえんりょがない。

殿村さんは、そういわれても、まるで平気で堂々としている。

「そうや。ボクはカラクリで、カミさんはやりくりとへそくりや」

みんな、爆笑《ばくしょう》だ。

「気楽なことをいうてるでしょ、極楽《ごくらく》トンボの龍太郎、と友だちにいわれているのよ」

やりくりとへそくりのカミさんはいった。小柄《こがら》で、ころころした可愛《かわい》い人だった。

「ともかく上がって、上がって」

へそくりのカミさんことときぬえさんはいった。

気がつくと、みな、玄関《げんかん》の土間に突《つ》っ立ったままだった。

「小母ちゃん。ありがとう」

子どもたちは我先《われさき》に座敷《ざしき》へ駆け上がった。

慧子のいっていた通りの部屋だった。

一部屋に見えるが、ふすまを取り払って、二つの部屋を、広い一部屋にして使っているようだ。

「ほんま。海みたいや」

タケやんは叫んだ。

人がいる空間だけ残して、上も下も、左右も、そこにも、ここにも、あの夢の魚たちが、数え切れないくらい泳《つ》いでいるのであった。

実際は、天井《てんじょう》から吊るしたり、壁面《へきめん》に取りつけてあったりするのだが、そんなことは少しも気にならない。

タケやんがいうように、海に、海の中に、みんながいる。

「これが、いっせいに動くのン？」

フランケンは呆然《ぼうぜん》とした顔で、たずねた。

「うん。そうや」

「すごいやろナ」

「別に、すごいことはない。見ている者も魚になった気がするだけや」

「ふーん」

とフランケンはいったが
（それが、すごいことなんや）

と心の中でつぶやいていた。

あのシーラカンスの仲間、つまり魚たちが圧倒的《あっとうてき》に多いことは事実だが、よく見ると、その他にもさまざまな造形があった。

鳥の顔をした舳先《へさき》を持つゴンドラ船では、例の半魚人が、ろを漕《こ》いでいた。

半魚人の乗る自転車は、プロペラが頭の上にある。それは回るに違いない。

飛行船の中にも半魚人がいる。飛ぶ鳥。

「これ、おもろいなあ」

青ポンがなにか、しげしげ見ている。

「宇宙人みたいや」

どれどれ、とみな、顔を寄せた。

「ああ、それか。チカポカエンジェルというんや」

「殿村さんがつけたん？」

「そや。なんでチカポカエンジェルというかというとやね……」

殿村さんは、そいつの体のどこかを触《さわ》った。スイッチを入れたのだろう。

目が、チカチカと点滅《てんめつ》しはじめた。

「ああ、それでチカポカエンジェルっていうのん。ふーん」

青ポンは感心しきりだ。

真鍮線《しんちゆうせん》を曲げて、頭、手足を作ってある。

殿村さんの説明によると、胴に見える部分は、リチウム電池だそうだ。

真鍮線に色とりどりのビーズをはめこんであるので幻想的《げんそうてき》な宇宙人の出来上がりであった。

「殿村さんは天才と違うかあ」

青ポンは、青ポン流の言い方で敬意を表した。

「この前、〝なんでも学校〟で、ボク、あほですねんっていうたやろ……」

殿村さんはそういっておいて
「……けど、あほと天才は紙一重というから、ボク、ひょっとしたら天才かもしれんなあ」

と、ぬけぬけといった。

「絶対、天才や」

青ポンは、ヨイショした。

その天才は、妙《みょう》なものも作っていた。

棚《たな》の隅《すみ》から、タケやんが、それを見つけてきた。たちまち、みなの目にさらされてしまった。みなといっても、リエと慧子はその場にいなかったからよかった。

タケやんは、それを手に
「キキキキ……」

と、いやらしい声で笑った。

「殿村さんはスケベェかァ？」

殿村さんは向こう側で、慧子とリエに、からくりの説明をしていた。

「なんや、突然。ボクは助平だっせ。それがどないしたんや」

タケやんは声をひそめていった。

「リエらがおるから、これ、そっと棚に返しておこ」

タケやん、なかなか節度もあるのだ。

それは白い紙粘土《かみねんど》でこしらえた女性の裸《はだか》の人形である。髪はブロンドで西洋人形というところか。

おなかの真ん中が時《と》計盤《けいばん》になっていて、短針と長針が回るようになっている。

棚に戻すとき、タケやんは短針をおっぱいの方へ、長針をアソコの方へ向けた。

「ククク……」

とタケやんは、口を押さえて、また笑った。

あんちゃんに
「スケベ」

と頭を小突《こづ》かれた。

「あんちゃんも見て、笑《わろ》とったくせに……」

とタケやんはいった。

「なに、見とんや」

殿村さんがこっちへやってきた。

「そこにあるもんは、むかし作ったもんが多いな」

ピアニカとお面を組み合わせた絵、歯車のオブジェ、銅線でできた御者台《ぎょしゃだい》、さまざまある。

「殿村さん、いろいろなものを作っとったんやなァ」

「そや。遊んどったんやがナ」

と殿村さんはいった。

「これでも、むかし、サラリーマンをしてたのよ」

きぬえさんが教えた。

みんな、へえー、という顔をした。

「優秀やった？」

フランケンは、殿村さんではなく、きぬえさんにたずねた。

「さァ、どうでしょう」

フランケンは別のところから攻《せ》めた。

「小母ちゃん、そのときと今と、どっちがしあわせ？」

「小母ちゃんは、このひとと出会うために生まれてきたのやから、どっちでもいいの」

慧子が口をはさんだ。

「きぬえさん。それ、危ないセリフよ」

「わかってる、わかってる。サービスしてんのよ」

きぬえさんは片目をつぶって見せた。

(この小母ちゃんも大物やなァ)

倫太郎は思うのである。

そのとき、女の子が玄関に立った。

「小母ちゃん。お客さんや」

タケやんがきぬえさんに教えた。

「あら。お客さん。どうぞ、上がってください」

きぬえさんはいった。その子は

「いややわァ」

といった。

「あみるちゃんよ。ここの子」

慧子が、みんなに教えた。

「あ、ごめん、ごめん」

タケやんはちょっと赤い顔になった。

あみるちゃんは中学一年生で、フルートの教室から帰ったところとのことだ。

あみるちゃんは、水から引き上げたばかりのビー玉のような目をしている。

「フルート、吹くのン?」

タケやんはさっそくアタックだ。

「そうよ」

「芸術一家」

と青ポンがいうと、殿村さんは
「遊び一家や」

と訂正《ていせい》した。

あみるちゃんとリエは、すぐ気が合った。リエはバイオリンをならっているので、二人は音楽の話に忙しいようだ。

タケやんは空振《からぶ》りである。

「さァさァ。みんな手伝って。小母ちゃんの家では、働かざる者は食うべからずなンよ」

きぬえさんはいった。

殿村さんが、すぐ、また、その言葉を正した。

「遊ばざる者、めしは食わずや。手伝いも遊び、遊び」

「ホイ、きた」

といって、あんちゃんは威勢《いせい》よく立ち上がった。

「ここの家では昼でも夜でも何時だろうと、お客さんがきたら宴会《えんかい》がはじまるの」

慧子は教えた。

「ほんま？　エエ家やなァ」

タケやん大感激である。

「ボク、ここの子ォになりたい」

いつもは、オレ、なのに、タケやんは、ボク、といった。変わり身がはやいのである。

きぬえさんはやさしい。

「どうぞ、どうぞ。こんな家でよかったら」

タケやんに夢を持たせた。

「な、な、小母ちゃん」

「なに？」

四つの指を合わせて見せた。

「ボク、しあわせ」

きぬえさんは笑って
「あら、そう。よかったわね」

といった。

「ボク、こんど生まれ変わってくるやろ。ほな、小母ちゃんの家の子になるやろ。その次、生まれ変わってくるやろ。そしたらフランケンの家の子になるやろ。その次の次は、倫ちゃんとこやろ。ボク……」

倫太郎に、どさっと頭をたたかれた。

「ボク、ボク、いうのんやめとけ。気持悪い」

倫太郎は白い目で、タケやんを見ていった。

総出で支度して、テーブルの上に、ごちそうが、どっさり並んだ。

酒の肴《さかな》はもちろんあるが、子どものよろこびそうな、ちらしずしやらおはぎ、サツマイモのあめ煮《に》まである。

「ボク、うなぎの蒲焼《かばや》き好きィ」

タケやんは、ほんとうによだれを垂らし、あわてて右の拳《こぶし》で、唇《くちびる》の端《はし》を拭った。

外が暗くなってから、魚たちを泳がそうという約束になっていた。

いくら食いしん坊でも、おなかには限りがある。子どもたちはおなかが一杯になると、それを早く見たがった。

　青ポンやタケやんが何回も外へ、ようすを見に出るので、きぬえさんが笑い出した。

「カーテンをしめて、はじめてあげたら」

　よしよしと殿村さんは立ち上がった。

　カーテンをしめ、部屋の明かりをいったん消した。別のスイッチを入れた。

「わ」

　と子どもたちは、小さく声を上げる。

　その空間が、ぼうと浮かび上がったような感じになるのは、間接照明のせいだろう。直接、物に光を当てず、どこから光がくるのか、よくわからないしかけになっている。

　青い空間、緑や、淡い赤も少し。

「ジージージー」

　かすかに音がした。

「ジージージー」

「カタカタカタカタ……」

「わっ！」

　思わず、子どもたちは叫び声を上げた。

　魚たちは悠然と泳ぎはじめた。

　シーラカンスを先頭に、つぎつぎ魚たちは泳ぐ。

ゆっくりゆっくり、あくまでゆっくり、口を開け、閉じ、また開けて、尾びれを、腹びれを、はたりはたりと考え深そうに動かし、子どもたちに、やあ、ごきげんいかがと問うように——。

ゴンドラ船の半魚人は、エイエイヨウヨウと、ろを漕ぎ、ホラ貝の船もプロペラを回す自転車も空を飛ぶ。

子どもたちの夢もまた、どこまでもどこまでも遠くへ飛んでいくのであった。

初出／小社単行本　平成十年二月

天《てん》の瞳《ひとみ》

少年編《しょうねんへん》I

灰《はい》谷《たに》健《けん》次《じ》郎《ろう》

平成13年 10月25日　初版発行
令和 6 年 12月15日　14版発行

発行者●山下直久

発行●株式会社KADOKAWA
〒102-8177　東京都千代田区富士見2-13-3
電話　0570-002-301（ナビダイヤル）

角川文庫 12176

印刷所●株式会社KADOKAWA
製本所●株式会社KADOKAWA

表紙画●和田三造

●お問い合わせ
https://www.kadokawa.co.jp/（「お問い合わせ」へお進みください）
※内容によっては、お答えできない場合があります。
※サポートは日本国内のみとさせていただきます。
※Japanese text only

ISBN978-4-04-352028-2　C0193

角川文庫発刊に際して

角川源義

第二次世界大戦の敗北は、軍事力の敗北であった以上に、私たちの若い文化力の敗退であった。私たちの文化が戦争に対して如何に無力であり、単なるあだ花に過ぎなかったかを、私たちは身を以て体験し痛感した。西洋近代文化の摂取にとって、明治以後八十年の歳月は決して短かすぎたとは言えない。にもかかわらず、近代文化の伝統を確立し、自由な批判と柔軟な良識に富む文化層として自らを形成することに私たちは失敗して来た。そしてこれは、各層への文化の普及滲透を任務とする出版人の責任でもあった。

一九四五年以来、私たちは再び振出しに戻り、第一歩から踏み出すことを余儀なくされた。これは大きな不幸ではあるが、反面、これまでの混沌・未熟・歪曲の中にあった我が国の文化に秩序と確たる基礎を齎らすためには絶好の機会でもある。角川書店は、このような祖国の文化的危機にあたり、微力をも顧みず再建の礎石たるべき抱負と決意とをもって出発したが、ここに創立以来の念願を果すべく角川文庫を発刊する。これまで刊行されたあらゆる全集叢書文庫類の長所と短所とを検討し、古今東西の不朽の典籍を、良心的編集のもとに、廉価に、そして書架にふさわしい美本として、多くのひとびとに提供しようとする。しかし私たちは徒らに百科全書的な知識のジレッタントを作ることを目的とせず、あくまで祖国の文化に秩序と再建への道を示し、この文庫を角川書店の栄ある事業として、今後永久に継続発展せしめ、学芸と教養との殿堂として大成せんことを期したい。多くの読書子の愛情ある忠言と支持とによって、この希望と抱負とを完遂せしめられんことを願う。

一九四九年五月三日

角川文庫ベストセラー

兎の眼　灰谷健次郎

新卒の教師・小谷芙美先生が受け持ったのは、学校で一言も口をきかない一年生の鉄三。心を開かない鉄三に打ちのめされる小谷先生だが、周囲とのふれ合いの中で次第に彼の豊かな可能性を見出していく。

太陽の子　灰谷健次郎

ふうちゃんが六年生になった頃、お父さんが心の病気にかかった。お父さんの病気は、どうやら沖縄と戦争に原因があるらしい。なぜ、お父さんの心の中だけ戦争は続くのだろう？　著者渾身の長編小説！

二十四の瞳　壺井　栄

昭和のはじめ、瀬戸内海の小島に赴任したばかりの大石先生と、個性豊かな12人の教え子たちによる人情味あふれる物語。戦争のもたらす不幸、貧しい者が常に虐げられることへの怒りを訴えた不朽の名作。

バッテリー　全六巻　あさのあつこ

中学入学直前の春、岡山県の県境の町に引っ越してきた巧。ピッチャーとしての自分の才能を信じ切る彼の前に、同級生の豪が現れ!?　二人なら「最高のバッテリー」になれる！　世代を超えるベストセラー!!

福音の少年　あさのあつこ

小さな地方都市で起きた、アパートの全焼火事。そこから焼死体で発見された少女をめぐって、明帆と陽、ふたりの少年の絆と闇が紡がれはじめる――。あさのあつこ渾身の物語が、いよいよ文庫で登場!!

角川文庫ベストセラー

ラスト・イニング　あさのあつこ

大人気シリーズ「バッテリー」屈指の人気キャラクター・瑞垣の目を通して語られる、彼らのその後の物語。新田東中と横手二中。運命の試合が再開された！　ファン必携の一冊！

ヴィヴァーチェ　紅色のエイ　あさのあつこ

近未来の地球。最下層地区に暮らす聡明な少年ヤンと親友ゴドは宇宙船乗組員を夢見る。だが、城に連れ去られた妹を追ったヤンだけが、伝説のヴィヴァーチェ号に瓜二つの宇宙船で飛び立ってしまい…⁉

かんかん橋を渡ったら　あさのあつこ

中国山地を流れる山川に架かる「かんかん橋」の先には、かつて温泉街として賑わった町・津雲がある。そこで暮らす女性達は現実とぶつかりながらも、精一杯生きていた。絆と想いに胸が熱くなる長編作品。

5年3組リョウタ組　石田衣良

茶髪にネックレス、涙もろくてまっすぐな、教師生活4年目のリョウタ先生。ちょっと古風な25歳の熱血教師の一年間をみずみずしく描く、新たな青春・教育小説！

聖《さとし》の青春　大崎善生

重い腎臓病を抱えつつ将棋界に入門、名人を目指し最高峰リーグ「A級」で奮闘のさなか生涯を終えた天才棋士、村山聖。名人への夢に手をかけ、果たせず倒れた〝怪童〟の人生を描く。第13回新潮学芸賞受賞。

角川文庫ベストセラー

鹿の王　1　上橋菜穂子

故郷を守るため死兵となった戦士団〈独角〉。その頭だったヴァンはある夜、囚われていた岩塩鉱で不気味な犬たちに襲われる。襲撃から生き延びた幼い少女と共に逃亡するヴァンだが⁉

鹿の王　2　上橋菜穂子

滅亡した王国の末裔である医術師ホッサルは謎の病を治すべく奔走していた。征服民だけが罹ると噂される病の治療法が見つからず焦りが募る中、同じ病に罹りながらも生き残った囚人の男がいることを知り⁉

鹿の王　3　上橋菜穂子

攫われたユナを追い、火馬の民の族長・オーファンのもとに辿り着いたヴァン。オーファンは移住民に奪われた故郷を取り戻すという妄執に囚われていた。一方、岩塩鉱で生き残った男を追うホッサルは……⁉

鹿の王　4　上橋菜穂子

ついに生き残った男――ヴァンと対面したホッサルは、病のある秘密に気づく。一方、火馬の民のオーファンは故郷を取り戻すために最後の勝負を仕掛けていた。生命を巡る壮大な冒険小説、完結！

鹿の王　水底の橋　上橋菜穂子

真那の姪を診るために恋人のミラルと清心教医術の発祥の地・安房那領を訪れた天才医術師・ホッサル。しかし思いがけぬ成り行きから、東乎瑠帝国の次期皇帝を巡る争いに巻き込まれてしまい……⁉

角川文庫ベストセラー

アンネ・フランクの記憶　小川洋子

十代のはじめ『アンネの日記』に心ゆさぶられ、作家への道を志した小川洋子が、アンネの心の内側にふれ、極限におかれた人間の葛藤、尊厳、信頼、愛の形を浮き彫りにした感動のノンフィクション。

刺繍する少女　小川洋子

寄生虫図鑑を前に、捨てたドレスの中に、ホスピスの一室に、もう一人の私が立っている――。記憶の奥深くにささった小さな棘から始まる、震えるほどに美しい愛の物語。

RDG　レッドデータガール
はじめてのお使い　荻原規子

世界遺産の熊野、玉倉山の神社で泉水子は学校と家の往復だけで育つ。高校は幼なじみの深行と東京の鳳城学園への入学を決められ、修学旅行先の東京で姫神という謎の存在が現れる。現代ファンタジー最高傑作！

西の善き魔女1
セラフィールドの少女　荻原規子

北の高地で暮らすフィリエルは、舞踏会の日、母の形見の首飾りを渡される。この日から少女の運命は大きく動きだす。出生の謎、父の失踪、女王の後継争い。RDGシリーズ荻原規子の新世界ファンタジー開幕！

もうひとつの空の飛び方
『枕草子』から『ナルニア国』まで　荻原規子

世界の神話や古典、ナルニア国、『指輪物語』、ジブリのアニメ作品。『RDG』や『空色勾玉』で大人気の作家荻原規子が初めて書いたブックガイド・エッセイ。彼女の感性を育んだ本を自ら紹介。本好き必読！

角川文庫ベストセラー

疾走 (上)(下)　重松清

孤独、祈り、暴力、セックス、殺人。誰か一緒に生きてください――。人とつながりたいと、ただそれだけを胸に煉獄の道のりを懸命に走りつづけた十五歳の少年のあまりにも苛烈な運命と軌跡。衝撃的な黙示録。

うちのパパが言うことには　重松清

かつては1970年代型少年であり、40歳を迎えて2000年代型おじさんになった著者。鉄腕アトムや万博に心動かされた少年時代の思い出や、現代の問題を通して、家族や友、街、絆を綴ったエッセイ集。

みぞれ　重松清

思春期の悩みを抱える十代。社会に出てはじめての挫折を味わう二十代。仕事や家族の悩みも複雑になってくる三十代。そして、生きる苦みを味わう四十代――。人生折々の機微を描いた短編小説集。

とんび　重松清

昭和37年夏、瀬戸内海の小さな町の運送会社に勤めるヤスに息子アキラ誕生。家族に恵まれ幸せの絶頂にいたが、それも長くは続かず……高度経済成長に活気づく時代と町を舞台に描く、父と子の感涙の物語。

ファミレス (上)(下)　重松清

妻が隠し持っていた署名入りの離婚届を発見してしまった中学校教師の宮本陽平。料理を通じた友人である、一博と康文もそれぞれ家庭の事情があって……50歳前後のオヤジ3人を待っていた運命とは？

角川文庫ベストセラー

今夜は眠れない　宮部みゆき

中学一年でサッカー部の僕、両親は結婚15年目、ごく普通の平和な我が家に、謎の人物が5億もの財産を母さんに遺贈したことで、生活が一変。家族の絆を取り戻すため、僕は親友の島崎と、真相究明に乗り出す。

夢にも思わない　宮部みゆき

秋の夜、下町の庭園での虫聞きの会で殺人事件が。殺されたのは僕の同級生のクドウさんの従妹だった。被害者への無責任な噂もあとをたたず、クドウさんも沈みがち。僕は親友の島崎と真相究明に乗り出した。

ブレイブ・ストーリー (上)(中)(下)　宮部みゆき

亘はテレビゲームが大好きな普通の小学5年生。不意に持ち上がった両親の離婚話に、ワタルはこれまでの平穏な毎日を取り戻し、運命を変えるため、幻界〈ヴィジョン〉へと旅立つ。感動の長編ファンタジー！

過ぎ去りし王国の城　宮部みゆき

早々に進学先も決まった中学三年の二月、ひょんなことから中世ヨーロッパの古城のデッサンを拾った尾垣真。やがて絵の中にアバター（分身）を描き込むことで、自分もその世界に入り込めることを突き止める。

おそろし　三島屋変調百物語事始　宮部みゆき

17歳のおちかは、実家で起きたある事件をきっかけに心を閉ざした。今は江戸で袋物屋・三島屋を営む叔父夫婦の元で暮らしている。三島屋を訪れる人々の不思議話が、おちかの心を溶かし始める。百物語、開幕！

角川文庫ベストセラー

ロマンス小説の七日間　三浦しをん

海外ロマンス小説の翻訳を生業とするあかりは、現実にはさえない彼氏と半同棲中の27歳。そんな中ヒストリカル・ロマンス小説の翻訳を引き受ける。最初は内容と現実とのギャップにめまいものだったが……。

月魚　三浦しをん

『無窮堂』は古書業界では名の知れた老舗。その三代目に当たる真志喜と「せどり屋」と呼ばれるやくざ者の父を持つ太一は幼い頃から兄弟のように育つ。ある夏の午後に起きた事件が二人の関係を変えてしまう。

白いへび眠る島　三浦しをん

高校生の悟史が夏休みに帰省した拝島は、今も古い因習が残る。十三年ぶりの大祭でにぎわう島である噂が起こる。【あれ】が出たと……悟史は幼なじみの光市と噂の真相を探るが、やがて意外な展開に！

夏美のホタル　森沢明夫

写真家志望の大学生・慎吾。卒業制作間近、彼女と出かけた山里で、古びたよろず屋を見付ける。そこでひっそりと暮らす母子に温かく迎え入れられ、夏休みの間、彼らと共に過ごすことに……心の故郷の物語。

エミリの小さな包丁　森沢明夫

恋人に騙され、仕事もお金も居場所もすべて失ったエミリに救いの手をさしのべてくれたのは、10年以上連絡を取っていなかった母方の祖父だった。人間の限りない温かさと心の再生を描いた、癒やしの物語。